無敵の城主は恋に落ちる

春原いずみ

white heart

講談社X文庫

目次

イラストレーション／鴨川（かもかわ）ツナ

無敵の城主は恋に落ちる

　クリニックは三階建てである。一階と二階が外来で、三階は医師のプライベートルームとスタッフルーム、ロッカールームとなっている。

「外来に飾っておけばいいのに」

　三階のエレベーターを降りると、そこは大きな窓に向いたちょっとしたホールになっていた。カラフルなソファが窓に向いて並び、夕方になった今は、ブラインドを下ろしていないせいもあって、西日がまぶしい。

「飾りたくない」

　城之内聡史（じょうのうちさとし）はソファに座っていた。少し不機嫌な顔をして、色を変えていく空を眺めている。すらっとした長身に洒落（しゃれ）たデザインのケーシーが似合う。病院勤務だった頃は、いつも少しよれたスクラブに白衣を引っかけて走り回っていたものだが、クリニックを開いてからは、意識的にスクラブを着なくなった。いつもきちんとプレスされたケーシーを着ている。

　きっちりと短く整えられた髪。彫刻刀で削り出したような、彫りの深い男っぽい横顔。ハンサムと一言で言うには少しクセのある顔立ちだ。意志の強そうな、はっきりとした二重まぶたの目が印象的で、いわゆる目力の強いタイプである。

彼の隣で笑うのは、こちらは誰しもが一目で美形と認める顔立ちの、やはり白衣姿の医師である。姫宮蓮は、ケーシーではなく、ショート丈といわれる短めの白衣を着ていた。清潔なシャツに淡い色合いのネクタイを締め、その上から白衣を着るという昔ながらのスタイルだ。ただ、その白衣がすっきりとした短めのものなので、若々しく、軽快な感じがする。美形と言っても、華やかな顔立ちではない。整った怜悧な感じのルックスだ。切れ長の一重まぶたが涼しげである。

「せっかく贈ってくれたのに」

二人の目の前には、大きな胡蝶蘭の鉢植えが置いてあった。五本立ちと呼ばれる豪華な作りだ。淡いピンクの胡蝶蘭が咲き誇り、白い鉢にも華やかにリボンが結ばれていて、まさに『ザ・お祝い！』といった感じの花である。それがなぜか、スタッフしか立ち入らないところに置いてある。ちなみに、一階と二階の外来には、たくさんのアレンジメントやこれよりも小ぶりの胡蝶蘭が置いてある。いずれも製薬会社や医療器械の会社から贈られたものだ。

「贈り主が気に入らない」

城之内はそう言うと、手にしていたカップのコーヒーをがぶりと飲んだ。姫宮はふふっとまた笑う。

「あなたのお兄さまですよ」

胡蝶蘭には、贈り主の名前を書いたメッセージカードがついていた。

『祝　開業一周年　リーガル製薬　城之内健史（たけし）』

「兄貴だから、嫌なんだ」

城之内は、相変わらず不機嫌である。その子供のような横顔を見て、姫宮は少し呆（あき）れたように肩をすくめた。

「……何で、おまえは兄貴の後輩なんだよ」

「それを今さら言われても」

姫宮は涼しい瞳（ひとみ）を見はる。

「それを言うなら、あなたが僕の同級生になればよかったんです。ご両親から勧められていたんでしょう？」

「やだよ。中高一貫教育の全寮制男子校なんて」

城之内はだだをこねる口調で言う。

「そんなところに行くから、兄貴は歪（ゆが）んだんだ」

「それなら、僕もそうですね」

姫宮はさらっと言った。

「さて、じゃあ、歪んだ僕は帰るとします」

肩をすくめ、ソファから腰を上げた姫宮に、城之内は少し拗ねた視線を向けた。

「……一人で帰るのかよ」

「仕事は終わりましたからね。あなたもさっさと仕事をして、帰った方がいい」

すいと素っ気なく背を向ける。その背中に、ふわっと少し高めの体温が寄り添ってきた。

「……まだ帰るなよ」

きゅっと後ろから抱きしめて、城之内がささやいた。耳元に触れる柔らかな吐息。

「もう少し……このままでいたい」

身長差はそれほどないのだが、やはりこうして抱きしめられると、身体のフレームが違う感じだ。姫宮はすらりと細身だが、城之内は骨格がしっかりとしていて、男らしいプロポーションをしている。

「何を甘えているんです？」

姫宮は胸の前で結ばれた手の甲を軽く抓る。

「痛い痛いっ」

それでも、柔らかな体温は離れていかない。

「……せっかく二人きりなんだから、少しは甘い雰囲気に……」

「なると思いますか？　職場で」

冴え冴えとした口調で言って、姫宮は振り返った。軽く唇が触れ合う。身体の向きを変えて、本格的にキスしようとする、少し子供っぽいところのある恋人を、姫宮はとんっと軽く突き放した。細身ではあるが、学生時代はバドミントン、今はスカッシュできちんと鍛えているしなやかな身体だ。意外に力はある。

「おい……」

あからさまにがっかりしている恋人の頬に、姫宮はすっと軽くキスをしてやる。見た目は恐ろしくクールで、実際歯に衣着せぬところのある彼の意外な行動に、城之内はきょとんとしている。

可愛い。どこからどう見ても立派な男で、そこにいる誰もがかっこいいと思う男なのに、なぜか城之内には、可愛らしいところがある。

「あなた、まだ仕事が残っているんでしょう?」

城之内は、このクリニックの経営者だ。姫宮は今日まで、パートナーではなく、アソシエイトと呼ばれる間柄で、城之内に雇われているような形になっている。城之内は、診療の傍ら、経営者としての事務仕事にも追われているのだ。

「……うん」

不服そうに頷く。姫宮はすっと手を伸ばして、城之内の髪に軽く指先を滑り込ませた。

「待っててあげましょうか」

「ほんとか?」

急に目がきらきら輝く。本当にわかりやすいキャラだ。姫宮は笑いそうになってしまう。

「さっさと終わらせてください。食事にでも行きましょう」

「じゃあ、『プリマヴェーラ』がいいな」

「ワインは白で」

「赤だ」

「白」

「間を取ってロゼ」

「何の間ですか」

不毛な言い合いをしばらく続けて、ついに姫宮は笑い出してしまう。

「何でもいいから、とっとと仕事を終わらせてください」

「キスしてくれたら、仕事する」

「……バカですか、あなたは」

冷たく言い放って、ふいと背中を向けた姫宮だったが、いきなりくるりと振り向いた。しょんぼりして、ホールから部屋に入ろうとしていた城之内の肩を摑む。

「えっ」

びっくりしている彼の頰に再びキスをして、姫宮は高飛車に言う。

「とっと働くように」

「ひ、姫？　うわぁっ！」

膝の後ろを蹴飛ばされて、城之内は情けない悲鳴を上げる。その背中をさらに突き飛ばして、部屋に放り込み、姫宮は言った。

「次にその呼び方をしたら、蹴飛ばすだけじゃすまないと思ってください」

「その飴と鞭を華麗に使い分けるの、やめてくれ」

すごすごと、事務仕事のために部屋に入った城之内がドアを閉めるのを見届けて、姫宮は軽いため息をついた。

「もう……一年経ったのか……」

沈みゆく夕日は、鮮やかなオレンジの色。見つめていると自分まで、その色に染まりそうだ。

僕はあなたの色に染まったのだろうか。

あなたの鮮やかすぎる色に染まったのだろうか。

ふるんと花びらを揺らす、華やかな胡蝶蘭。

いつの間にか、ホールはオレンジ色から薄紫へと、空気の色を変えていた。柔らかな紫色に包まれた胡蝶蘭を見つめて、姫宮はわずかに首を傾げる。

僕は……僕たちは、一年前と変わっただろうか。

ACT 1.

　でかい。広い。

　それが聖生会中央病院に対する、城之内聡史の正直な印象である。

「大学病院の方が大きいでしょう？」

　くすくすと笑いながら、病棟の看護師が言う。

「私たちのイメージとしては、絶対大学病院の方が大きいですよ」

「あー、たぶん、それ人口密度によるんだと思う」

　聖生会中央病院は、とてもきれいな病院だ。真っ白というよりも、柔らかなアイボリーホワイトに近い色で統一された院内は、天井が高めで、開放感がある。病院という都合上、さすがに窓を大きくすることはできないが、危険がない程度に高いところに窓をつけて採光しているため、昼間であれば、自然光で十分なほど、院内は光に満ちていた。

「大学病院はさ、人が多すぎんのよ」

　ほぼタッチタイピングでカルテを打ちながら、城之内は言った。

「一人の患者につく主治医が、下手すると五人とか六人だからね。石投げりゃ、医者にぶつかるってくらい人が多い。ナースやパラメディカルも多いから、人口密度が高くて、狭く感じるんだよ」

城之内は、この聖生会中央病院で、週二回診療をしている。整形外科医である城之内は、この週二回の診療日に、手術の執刀をすることもあるので、かなり忙しない。

城之内の現在の肩書は『東興学院大学医学部整形外科ユニット助教』である。本来であれば、大学病院のみの診療でもいいのだが、何せ、外科系の医師は数が足りない。大学の医局にも、あちこちの病院から「週一コマでいいから、医師を回してくれ」と悲鳴のような要請が引きも切らず、かといって、若い医師をほいほいと貸し出して、何かトラブルがあっても困る。東興学院大学医学部整形外科ユニットの名を背負って外に出る以上、絶対に問題を起こしてほしくない。というわけで、腕のいい三十代から四十代が酷使されることになる。城之内も、ここの他に、至誠会外科病院に週一回の助っ人に行っている。これで、大学病院での執刀もあるのだから、本当に休む暇がない。しかし、そうしたコマネズミ的な働き方は嫌いではない。友人たちは「休むと死ぬ。おまえはまぐろか」と言うが、本当に医師として働くことが好きで仕方がないのだ。

「城之内先生」

ナースたちと軽口を叩きながらカルテの記載をしている城之内に声をかけてきたのは、

聖生会中央病院整形外科の医師である森住英輔だった。この病院一番の売りである救命救急センターに所属しているはずだが、整形外科はいくら医者がいても困らないところだ。ちょくちょく病棟や手術室に顔を出しているらしい。

「昨日、センターに入った大腿骨頸部骨折、診てくださいましたか？」

すらっと背の高いハンサムな医師である。よく、城之内は、この森住とタイプが似ていると言われる。人なつっこく、如才のない森住を、城之内も嫌いではない。

「うん、診たよ。年齢的にはＣＨＳ（compression hip screw）で対応できそうな感じだけど、骨密度がやばそうだから、安全策でガンマネイルかな。森住先生のご意見は？」

「骨密度がやばそうって、スクリューが止まらなそうってことですか？」

「下手すると、突き抜けるよ。手術中はもっても、いずれ突き抜ける。再手術したくないっしょ？」

城之内の言葉に、森住はぶるぶると首を横に振った。

「やですよ、骨粗鬆症の再手術なんて。いくら骨セメントぶっこんでも、ぐずぐずになるんだから」

「だから、ガンマネイル推奨。俺がやってもいいけど、どうする？」

城之内の問いに、森住は少し考えてから、頷いた。

「俺としては、股関節がご専門の先生にお願いしたいです。たぶん、医長の駒塚先生もＯ

Kだと思うんですけど、一応了解取っておきますね」

「よろしく。えーと、じゃあ、手術室の確保とかもお願いできる？　俺、外様（とざま）だから」

城之内が言うと、森住は少し笑った。

「外様って……何か、懐かしい言い方だな。大学の頃はよく聞いたけど」

大学医局において、『外様』と称されるのは、大学を卒業して、医局に入る時に、卒業した大学とは別の大学に入局した医師を指す。『外様』に対する呼称が『生え抜き』だ。

「つい、言っちゃうね。大学職員の悪いクセだ」

城之内は、東興学院大学の生え抜きである。幼稚園から大学まである東興学院の、その幼稚園から在籍していたのだから、まさに生え抜き中の生え抜きというやつだ。

「俺の次の出勤、明後日（あさって）だから、全身状態検索して、問題ないようだったら、明後日の手術に組んでもらっていいよ。主治医は森住先生？」

「いえ、俺はセンターの所属なんで、主治医にはなれないんです。えーと、今は誰が診ているんだっけ。ああ、織部（おりべ）先生ですね。彼なら問題ないです」

「織部先生って、あの熱血マッチョな？」

整形外科医の織部は、元柔道の学生チャンピオンという経歴を持つ。

「別にマッチョじゃないですよ。武道をやっているのがマッチョなら、俺だってそうです」

「え、森住先生って、武道やってんの？」

「森住先生は、剣道の有段者ですよ」

二人の医師の話を横で聞いていたらしいナースが口を挟む。

「前に、外来のホールで不審者が暴れたことがあって、その時、森住先生が剣道でやっつけちゃって！　めちゃめちゃかっこよかったんですよ！」

「いや、やっつけたのは俺じゃなくて、織部先生だって」

森住は首を横に振った。

「じゃ、いろいろとお膳立てしておくんで。よろしくお願いします、城之内先生」

手を上げて、颯爽と去っていく森住を見送って、城之内はふうっと軽くため息をついた。

「さぁて、手術だ手術だ」

術後管理を自分でできない派遣先での手術は緊張する。トラブルを起こすことは絶対にできないからだ。しかし、そんな緊張感も、城之内は嫌いではない。むしろ、惰性でする仕事よりも、きっちりと背中を伸ばし、ぎりぎりまで張りつめてする仕事が好きだ。

ビューワーを起動して、手術を依頼された患者のレントゲン写真を呼び出す。

「……こりゃ、手術終わったら、骨粗鬆症の治療もしなきゃだなぁ……」

ぶつぶつとつぶやきながら、城之内は手術の計画を立て始める。ビューワー上の画像に補助線を引いたり、計測したりして、挿入するガンマネイルのサイズを検討する。

「うう……ほっそいなぁ……」

「ええっ！　やだぁっ！」

唐突にナースステーションに大きな声が響き渡り、城之内は前に突っ込みそうになった。

「な、何だ……？」

振り返ると、不機嫌な顔をしたナースたちがテーブルに集まっている。

「何で、午後の回診にばっちり合わせて、患者さん上げてくるわけ？」

「基礎検査やってたら、この時間になったんだって。迎えになんて行けないよって言ったら、とりあえず上げてくれるって言ってたけど」

「信じらんない！　センターっていっつもそうやって、無茶ぶりばっかだよね。病棟のことなんて、全然考えてないっ」

「自分たちばっかり、いい顔して、患者勝手に受け入れて、あとは全部こっちにぶん投げてくるだけじゃない。やってらんないっ」

城之内はそっとため息をついた。

聖生会中央病院が持っている救命救急センターは、北米型ERタイプの救命救急センターだ。つまり、センターが一次から三次まで、すべての救急患者を受け入れ、初期対応を行う。聖生会中央病院の場合、森住のように、一部の医師は病院と兼務しているため、完全な北米型ではないが、患者の流れは北米型ERのそれで、センターで初期対応の後、入院となった場合は、各病棟に振り分けてくる。それを『丸投げ』と称するスタッフはどこにでもいる。

城之内が所属する東興学院大学医学部付属病院の場合、救命救急センターはなく、救急外来という形で、三次救急の受け入れをしているが、いわゆるICU型で、初めから専門医が患者を受け入れ、そのまま主治医になる。この形だと、普通の外来から入院のルートを外さないので、さほどスタッフ間の軋轢は生まれないが、北米型ERは、センターと病院が並列でなく、別の組織として動くため、スタッフが揉めることがままある。実際、この聖生会中央病院では、病院とセンターでは待遇が違うと聞いたことがある。事実、ER型の救命救急センターは激務だ。特に、聖生会中央病院はドクターヘリを持っていて、その搭乗もセンターの医師が行っているため、とんでもない勤務体系になっているらしい。その救命救急センターは激務だ。医師は労働基準法の外であるのか、二十四時間を超える連続勤務が普通にある。ここのセンターはそれを軽く超える三十時間以上の連続勤務を伴うシフトもあるらしい。

そんな凄まじい勤務をしているセンターに、少しは協力してやったっていいじゃないかと、城之内などは思ってしまうのだが、なかなかそうはいかないらしい。ナースたちの不満はぐちぐちと続いている。

「病棟に上げてくれるって言ったって、結局置いていくわけじゃん。点滴も開始液だから、こっちで交換とか、平気で言ってくるし……」

「それがお互いの仕事なのではありませんか？」

ビューワーに向かって、計測を続けていた城之内は、ふいに聞こえた冴え冴えと通る声に、びっくりして振り向いていた。声高に愚痴を言い合っていたナースたちが、あっという顔をして、口を閉じる。

「ここがどこなのか、わかっていますか？　オープンカウンタータイプのナースステーションは、患者さんから見られています。そこで、大きな声で院内施設の批判をするのは、褒められたことではありません」

いつの間にか入ってきていたのは、ちょっとびっくりするような容姿の医師だった。

城之内よりも一回り細身な感じだが、頭が小さいせいか、プロポーションのバランスは整っている。きちんとプレスされた白衣がまぶしいくらいに白い。しかし、何より驚いたのは、彼のきれいに整った顔立ちだった。自然の造形でここまで整うものかと感心するほど、まったく欠点のないルックスだ。すっと通った細い鼻筋、形のよい眉、薄めでやや口角が上がった唇。そして、透き通るように白く、きめの細かい肌。男性の顔立ちというよりも、やや女性寄りのきれいすぎる造形だが、その黄金比でできたような美しい顔立ちには、力尽くで視線を奪うだけの魔力がある。涼しげな切れ長の目が一瞬だけこっちを見

たような気がしたが、彼はすぐにナースたちに視線を向けた。

「ER型救命救急センターというものが、どういうものなのか、理解していますか?」

少し高めの声だが、響きがまろやかなのか、うるさい感じはしない。音声がとてもクリアに耳に飛び込んでくる。

「ウチの救命救急センターは、北米型ERというシステムを採用しています。北米型ERは、救命救急センターで一次から三次まで患者をすべて受け入れ、初期対応する。その後の診療は、各病棟に振り分け、センターの医師は患者の主治医になることはない。それが北米型ERです」

「……はい」

ナースたちがうつむきながら頷く。

「センターのスタッフが患者を受け入れて、病棟に振ってくるのは、それが彼らの仕事だからです。むしろ、ウチのERは病棟や外来に患者を送ってきたり、呼び出した専門医が到着するまでの指示を出してくれていたり、十二分にこちらに気を遣った対応をしていると思います。その上、準夜帯や深夜帯の病棟での急変の診療にも応じてくれているのですから、フィフティフィフティよりも、あちらの方により負担がいっているかと思います。彼らの勤務体系を正確にご存じですか?」

「でも……」

ナースの一人がぼそっと言った。

「……あっちの方が基本給も高いし……」

「それなら」

彼はぴたりとその言葉を遮る。

「センターに異動希望をお出しになったらいかがですか？　私たち医師は、救急科専門医の取得が必要ですが、ナースは特に資格取得は必要ないはずです」

文句を言ったナースが黙り込む。

「私は、センターと病院、どちらが激務であるかを争うことに意義を見いだしません。それぞれがそれぞれの仕事をきちんとする。心がけるべきはそれだけです。つまり、給料分は働けということです」

〝理路整然と知性でぶん殴ってくるタイプだな〟

「自分のしている仕事が、給料に見合っていないと思ったら、別の職場を探せばいい。ナースなら、仕事に困ることはないでしょう」

「姫宮（ひめみや）先生」

すっと現れたのは、病棟の師長だった。穏やかな口調で、美貌（びぼう）の医師をなだめにかかる。

「そのあたりで勘弁してやっていただけませんか？　この子たちも悪気はないんです。愚痴も言ってみたいお年頃なんですよ」

「愚痴を否定はしません。ガス抜きは必要ですから」

姫宮と呼ばれた医師は、ひんやりとした視線を師長に向ける。

「しかし、それを患者さんに聞こえる場で声高に言うのは違うでしょう。こちらに入院している患者さんの中には、センター経由で入院していらした方もいらっしゃるはずです。彼らが今の話を聞いたらどう思うでしょう。決して、いい気持ちはしないと思いますよ」

「……はい」

師長がさすがに殊勝に頷いた。

城之内も気になったのがそこだった。愚痴は城之内も言うことがある。医療従事者だって人間だ。理不尽な目に遭えば、愚痴の一つも言いたくなる。しかし、それは仲間内だから許されることだ。患者の耳に入れてはいけないと思う。オープンカウンタータイプのナースステーションは、開放的で、患者も声をかけやすい反面、中の事情もだだ漏れになる。城之内が勤務している三つの病院は、すべてこのオープンカウンタータイプのナースステーションを採用しているが、城之内も廊下を歩いていて、ぎょっとすることがある。ナースたちの何気ないおしゃべりが、あまりに聞こえすぎて、下手をすると、ナースステーション前の病室にまで聞こえることがあるのだ。

「……私の指導力不足です。注意しておきますので」

　自分たちのちょっとしたおしゃべりのせいで、師長まで叱られてしまったことに、ナースたちもさすがに黙り込んでしまっている。姫宮はそんな空気はまったく読まずに、軽く頷いただけで、すっとナースステーションを出ていく。彼が、城之内の座るテーブルの傍を通った時に、ふわっと微かにいい香りがした。清潔なグリーンノートの香りだ。思わず顔を上げると、また一瞬だけ目が合った気がしたが、彼はそのますうっと出ていってしまった。

「……姫宮先生？」

　思わず城之内がつぶやくと、ちょうどナースステーションに入ってきた整形外科医の織部宗之がきょとんとした顔で、城之内を見ていた。

「どうしたんですか？　城之内先生」

　織部は、たった今、森住との会話で名前の出た男前のマッチョ系整形外科医だ。

「いや……ちょっと」

「姫先生に見とれてましたか？」

　織部は笑いながら、テーブルに座った。

「ちょっとびっくりするようなルックスですよね。ご本人はごく真面目で堅いところのある人なんですけど」

「姫先生？」

「あ」

織部は少し慌てたように、軽く口を押さえた。

「ナイショですよ。こんな呼び方してるって知られたら、俺、殺されます」

織部は、電子カルテにIDとパスワードを打ち込んだ。

「姫宮蓮先生と言います。消化器内科がご専門で、特に内視鏡を使った検査や手術で評価の高い方らしいです。まぁ、俺は畑違いなんで、噂程度にしか知りませんが」

「消化器内科か……」

何となく納得してしまう。医者の顔を見ただけで、何科の医者かわかるほどではないが、何となく、内科っぽい、外科っぽいと感じることはある。

「姫宮先生だから、姫先生？」

「あー、まぁ、そうなのかなぁ」

織部は、こりこりとこめかみのあたりをかいている。

「何となく……こう高飛車というか……高貴な姫っぽくないですか？　あの人」

「王子じゃないのか？」

「王子ってのは……森住先生とか……センターの貴志先生とか……ああいうタイプではないかと」

「はは……」

確かにそうだ。ナースたちを理路整然と、知性と正論でぶん殴っていった姫宮は、王子というよりも『姫』の方が似合う。

「聖生会中央病院の高貴な姫君か……」

バタバタとヘリのローター音が聞こえた。聖生会中央病院はドクターヘリを持っているので、ここにいると、一日に最低一回はこの音を聞く。

「……そろそろヘリに乗るのも寒いだろうな……」

窓の方を見ると、少し離れたところをヘリが上昇していくのが見えた。ブルーのロゴも凜々(りり)しいドクターヘリである。

「十一月ですからね。フライトドクターって、何か花形って感じですけど、やっぱり、こんな風に寒くなってくると、やっぱやめたって感じになりますよねぇ……」

正直すぎる織部のつぶやきに、城之内は吹き出しそうになりながら、再びキーボードに指を走らせ始める。

〝姫先生……か〟

美貌の内科医の冴え冴えとしたクールな視線とよく響く涼しげな声は、いつまでも、城之内の意識に残っている。

換気のためなのか、ほんの少しだけ開いている窓から吹き込む風は、鋭いほどに冷たい十一月の昼下がりだった。

ACT 2.

今年の冬は、信じられないくらいの暖冬である。

「コート、いらないな……」

城之内はつぶやきながら、でんとそびえ立つ三階建ての家を見上げた。

久しぶりに訪れる実家だった。去年、リノベーションした実家は、母の趣味丸出しの洋館風の作りである。わざわざヨーロッパから取り寄せた大きな玄関ドアに手をかけて、城之内は、ん？　と玄関横にあるカーポートを見た。ゆったりと四台分あるカーポートは空っぽだった。

「……いないのか？」

すでに時刻は午後八時だ。いつもなら、父のレンジローバーと母のアウディS8が駐まっているはずなのに、今日はどちらもない。

「今日、休診日だっけ……？」

城之内の実家は、開業医である。父が整形外科医、母が内科医で、二人で『城之内医院』を経営している。もともと、整形外科医だった祖父が開業し、父が後を継いだ形である。

「……ただいまぁ」

ドアを開け、声をかけるが、家の中はしんとしている。

「……誰もいないのか？」

靴を脱いで、スリッパに履き替える。母は、欧米風の靴で上がる家にしたかったようだが、そこは父が譲らなかった。よって、まるきり洋館風の外見の家なのだが、中は微妙な和洋折衷である。

「どうしたんだよ？　まだ帰って……」

城之内が歩いていくと、センサーで明かりがつく便利な家であるのだが、そのせいで家の中に誰かがいるのか、それとも留守なのかがわかりにくい。何となく、いつもの習慣でリビングに向かうと、ひょいとそこから出てきた人影があった。

「おお、おかえり。早かったな」

よく響く低音の美声。スーツの似合うすらっとした長身。ふわっと柔らかそうな髪を後ろに撫でつけたハンサムがにっこりと微笑(ほほえ)んだ。

「メシは？」

「食ってきた。そう言ってたじゃん」

城之内は手にしてきたコンビニ袋をひょいと持ち上げる。中には、冷たい缶ビールが四本とおつまみのナッツが入っている。

「父さんと母さんは？　まだ帰ってないの？」

「まぁ、座れよ」

城之内とどこか似た風にも見える顔立ちのハンサムは、兄の健史である。城之内の二つ上の兄で、製薬会社の優秀なMRだ。大学の薬学部を卒業して、厚生労働省に入り、麻薬取締官を数年務めた後、MRに転職したという変わり種である。物腰は柔らかいが、一筋縄ではいかない面倒な性格であることは、生まれてからずっとつき合ってきた家族はよく知っている。彼が医者にならないと言った時、家族全員がそうだろうなと頷いたのを、城之内はよく覚えている。

「しかし、めずらしいね。兄貴が俺をここに呼び出すなんて」

母の趣味丸出しの妙に豪華なリビングのソファに座る。革張りは冷たいから嫌だと言って、わざわざオーダーした布張りのソファは、深く座らないと滑り落ちそうになる。身体を埋めるように座り、城之内は自分が持ってきた缶ビールを開けた。ついでに、ナッツの袋をパーティ開けにする。

「兄貴も久しぶりなんじゃないの？　家に戻ってくるの」

「……まぁな」

城之内は大学卒業まで実家暮らしだったが、兄は全寮制の中高一貫教育学校に進んだので、中学入学から実家を出ていた。独身を通している兄弟は、何となく家にも近寄りがたく、メールなどでの連絡は取っているが、顔を合わせるのは久しぶりだ。

「聡史（さとし）、父さんたちから何か聞いてるか？」

「何かって何？」

ビールを一口飲んで、ナッツをぽりぽりとかじる。

「年末年始も帰らなかったし。兄貴は帰ってきたの？」

「いや」

「だろうね」

マトリとして働いていた頃、まともな休暇などなかった反動なのか、製薬会社に転職してからの兄は、まとまった休みの取れる年末年始は、たいてい海外だ。

「この年末年始はどこ行ってきたの？」

「スペイン。マドリードからバルセロナまで、のんびりバスで移動したよ」

「寒くなかった？」

「それほどじゃないよ。寒いって言うなら、去年の冬に行ったイギリスの方が寒かった」

ビールを飲みながら、兄弟は当たり障りのない会話を続ける。

しかし、両親はどこへ行ったのだろう。もう午後九時になるのに。城之内の両親は、夜遊びなどしないタイプの人間だ。身体が資本とも言える開業医が長い人たちだ。自己管理はきちんとしている。

「……なぁ、父さんと母さん、どうしたんだよ」

ビールを一本飲み終えたところで、城之内は言った。

「こんな時間まで留守するなんてことないよな、今まで」

「だね」

健史は二本目のビールを開けている。

「車なかったのに気づいた？」

「そりゃ気づくよ。あのでかい車、二台ないんだから。まだ医院の方にいるのかな」

「いや、いない」

健史はぐっと一口ビールを飲む。

「車は処分した。母さんのは俺がもらおうかなと思ったんだけど、ただでやるもんかって言われた」

「処分？」

聞き捨てならない。城之内は缶を置く。

「まさか、借金じゃないだろうな」

「まさかだね」

健史はのんびりとした口調で言った。

「俺たちより、よっぽど現金主義が行き届いている人たちが、借金なんかするもんか。ここや医院のリノベだって、ローン組まなかった人たちが」

「だよね」

それなら何だ？　と、城之内は首を傾げる。

「じゃあ……」

「だから、いないんだって」

健史がおもしろそうに言う。

「いない？」

「そう、いない」

そして、彼はさりげなくテーブルに置いていたタブレットを手に取った。しばらくすいすいと操作してから、うんと頷き、カバーを折り込んで、城之内の方に向けた。

『はーい』

脳天気な声が聞こえて、城之内は思わず周囲を見回す。そして、その声がタブレットから出たものと気づいた。タブレットには、笑顔で手を振る母が映っていた。テレビ電話らしい。

『久しぶりね、聡史』

「か、母さん？　どこにいるんだよっ」

兄弟の母親は、かなりの美人である。年相応の変化はあると思うが、それを割り引いても、ちゃきちゃきとした感じの明るい美人だ。その母が、にこにこと全開の笑顔で、少女のように手を振っている。

『わいはー』

「はぁ？」

何言ってんだ？　と首を傾げてから、ああ、ハワイかと気づき、そして、今が観光旅行の時期ではないことに気づく。今日は一月十日で、すでに正月休みは終わっているのである。

「何で、ハワイになんかいるんだよ！　医院の方、いいのかよっ」

『ああ、休診にしてあるから』

母の横から、ぬっと顔を出したのは父である。立派なひげを蓄えた美丈夫で、城之内とよく似ている。

「き、休診？　何で」

良くも悪くも、両親はワーカホリックだ。朝早くから夜まで、患者と向かい合っている。開業した祖父の方針で、自宅と医院は分けているので、二十四時間営業は避けられたが、それでも、自宅を午前六時には出て、帰宅するのはたいてい午後八時を回っている。

『引退することにしたから』

　父はさらっと、とんでもないことを言った。

『ちなみに、後継者は君だよ、聡史くん』

「……はぁっ？」

　一瞬、何を言われたのかわからなかった。投下された爆弾が大きすぎたのだ。口をあんぐりと開けた間抜け面で、思わず向かいに座る兄の顔を見てしまう。兄は缶ビールを飲みながら、にやにやしているだけだ。

「……知ってたのかよ」

「まぁね。この家の名義も、医院の方の名義変更も俺がしたんだし」

「何だと……っ」

『私もパパも、もう還暦過ぎたじゃない？』

　母ののほほんとした声がした。

『おじいちゃんも六十五で引退だったし、そろそろいいのかなぁって』

「てか、引退すんのには反対しねぇけど、こ、後継者が俺ってのは、何なんだよっ！」

　ようやく、少しショックから立ち直った城之内の中にふつふつ湧き上がってきたのは、怒りの感情だった。

「俺に黙って、引退とかしておきながら、どの面下げて、後継者とか言ってんだよっ！」

『この面』

　にこにこと母が言う。

　そうだ。この人は、父以上のキャラなのだ。とにかく『女傑』という言葉がぴったり来る人で、開業医としては大きめで、近所からは普通に『病院』と呼ばれ、また『城之内』という姓から『お城の病院』と呼ばれる城之内医院の自他共に認める『女王様』なのである。

『あんた以外に、誰が後を継ぐって言うのよ。健史は医者にならなかったし、息子はあんたたち二人しかいないんだし』

「だからっ、何で、その当事者たる俺に黙ってたんだよっ」

『言ったら、あんた絶対拒否るでしょ?』

「当たり前だっ！」

　城之内は、上昇志向の強いタイプだ。人の上に立って、威張りまくるタイプではないのだが、やりたいことを思い切りやるためには、偉くなって、トップを取らなければならないと思っている。だから、大学内でも出世したいと思っている。今の城之内の立場は、整形外科学股関節専攻ユニットの助教で、同期の中では出世頭だ。このままで行けば、二、三年のうちに准教授になって、ゆくゆくは教授選にも出たいと思っている。

　しかし、実家を継ぐとなると、大学との二足のわらじは不可能だ。両親が開業医で、そこにピンポイント的に勤務するなら可能かもしれないが、経営者としてやっていくのは不可能である。つまり、大学をやめなければならない。

「俺のライフプランはどうしてくれるっ」

『そんなの知らないわよ』

母はうそぶく。

『とにかく、城之内医院の名義はあんたに変更してあるし、自宅の名義もあんたにしといた。財産分与については、弁護士の三畑先生にお任せしてあるから、気になるようだったら聞きなさい』

「ちなみに、俺は了解済みだよ」

健史がのんびりとした口調で言う。

「俺は財産なんて、一円もいらない。おかげさまで、自分一人の人生くらいどうにでもなる程度の稼ぎはあるから」

健史は製薬会社のトップMRだ。その年収は、軽く一千万を突破しているらしい。今の稼ぎは、兄の方が絶対的に上なのである。

『まぁ、つぶしたかったら、つぶしてもいいわよ』

母はフルーツをたっぷりと飾りつけたカクテルを手にして、優雅に言い放つ。

『借金も何もないから、つぶすのは簡単。抵当権とかの設定はないからね。ただ』

「……ただ？」

『スタッフ全員クビにしなきゃねぇ。事務さん三人、ナース四人、ＰＴ（理学療法士）二人、診療放射線技師二人……全員路頭に迷わせる？　あんたの一存で』

「ろ、路頭って……」

『今は、一応三月末まで休院ってことで、基本給だけ払って、休んでもらってるけど、彼らはまた城之内医院で働くつもりで、待機してくれているのよ？　言っとくけど、優秀なスタッフよ。事務さんたちは、医療事務の資格を取れるだけ全部取っている人たちだし、ナースも認定看護師複数持ちの、何で開業医にいるの？　ってレベル。ＰＴは、指導資格持ちで、大学とかにも教えに行けるレベルよ。実際、ＰＴの実習は来るし、技師さんも複数の認定持ち』

「な、何で、そんなレベルのスタッフがいるんだよっ」

恥ずかしながら、後を継ぐ気などさらさらなかった城之内は、医院のスタッフたちについては、まったく知らない。顔程度は見知っているが、まさか、そんなレベルの高いスタッフたちだったとは。

『ウチのお給料がいいからじゃない？　待遇面はまぁいいわね。全員、大学病院とか総合病院、救急病院で使いつぶされて、疲弊した子たちだから、少しのんびり働きたかったんでしょうね』

母は涼しい顔で、カクテルを飲む。

『本当によく働いてくれるし、能力は高いし……今どき、こんなにいいスタッフが揃ってる開業医なんてないでしょうけど……まぁ、あんたがやりたくないなら仕方ないわね。引導渡したら？』

「………………」

黙ってしまった城之内を、健史がにやにやしながら眺めている。

城之内は情に篤い人間である。上昇志向は強いが、それは実力で成り上がっていくということで、基本人を陥れたり、蹴落としたりということはしない。生まれながらのガキ大将であり、強いリーダーシップで人を引っ張っていくのだ。それだけに、人に失望されることがとても怖い。期待外れと思われることが一番怖く、また悔しい。

『まぁ、スタッフには、再開は四月って言っておいたから、それまでゆっくり考えたら？』

「ちょ、ちょい待ち！」

さすがに、城之内は慌てる。

「無理だって！　俺、大学での仕事あるし……だいたい、医院は父さんと母さんが二人で経営してただろ？　俺一人……てか、整形外科だけだと明らかにオーバースペックだってっ」

だ。城之内医院は、整形外科と内科を標榜(ひょうぼう)している。つまり、患者もその両方いるわけ
でも、確かに、医院の診療科の標榜に規制はなく、医師免許を持っていれば、専門医でなく
ても、どの科でも標榜できるのだが、城之内の性格からして、自分が専門としていない科
の看板を掲げることはできない。
『だから、考えたら？』
母はいとも簡単に言ってくれる。
『そのために、三ヵ月も時間取ってあげたんだから』
「たった三ヵ月じゃねぇかっ！」
通常、開業には年単位の準備が必要になる。まぁ、城之内の場合、箱もスタッフも、患
者もすでにあるのだから、それほどの準備期間は必要ないとはいえ、さすがに三ヵ月はな
いだろうと思う。
『ま、頑張ってね』
「頑張ってねじゃねぇっ！　帰ってこいよ！」
吠(ほ)えても虚(むな)しいだけだ。母は高笑いと共に、通話を切ってしまう。
「……マジか……」
真っ暗になったタブレットの画面を見ながら、城之内は呆然(ぼうぜん)とつぶやいた。
「何考えてんだよ……」

「ずいぶん、長い期間かけて、準備はしていたようだぞ」

健史が言った。手を伸ばして、タブレットのカバーを閉じる。

「三畑先生には、俺も名義変更の相談なんかで会ったけど、三年くらい前から、リタイヤを考えていたらしい」

「三年前……」

そんなに前から考えていたのに、自分には一言も言ってくれなかった。城之内は暗澹たる気持ちになるが、しかし、考えてみれば、この三年間、両親と話したことなど片手に足りるくらいだ。それでも、父とは整形外科医という共通点があるので、たまにメールで相談ごともしていたが、母とはろくに顔も合わせていない。別に不仲というわけではない。あえて言うなら『近くにいすぎた』ということなのだろう。どうせ、いつでも会える、話せると思うと、積極的に連絡を取ることもなくなる。

「兄貴は、何で知ったんだ？　母さんから電話でもあったのか？」

「そんなもんないよ」

健史はくすりと笑った。ビールを飲み終わってしまったので、リビングと続きになっているキッチンに入っていって、ワインセラーを開けている。

「ワイン飲むか？」

「……酒なら何でもいい」

酔っ払いでもしないと、今日は寝られそうにない。兄と会うなら、間違いなく飲むことになるからと車で来なかったのは正解だった。

「じゃあ……」

人の悪い笑い方をしながら、兄が持ってきたのは、グリーンのボトルにエレガントでシンプルなゴールドのエチケットが燦然と輝くものだった。

「シャンパンで乾杯といくか？　城之内医院、三代目院長就任を祝って」

「誰が後を継ぐと言ったっ！」

反射的に叫ぶが、しかし、母秘蔵のシャンパンは飲んでみたい。母のお気に入りで、とっておきのクリュッグ・グラン・キュヴェである。

「……それ、何本ある？」

「うーん」

健史は一度キッチンに戻り、再びワインセラーを開けた。

「クリュッグは……あと二本かな。シャンパンは……モエもあるし、クリスタルもあるよ」

「……全部飲んでやる」

さすがに、秘蔵のシャンパンまでは、ハワイに持っていけなかったのだろう。セラーにすべて残していったらしい。

「おいおい、おまえ、目が据わってるぞ」

　健史は笑いながら、シャンパングラスを二つ持ってくる。

「俺だって、突然、三畑先生に呼び出されて、財産分与の話されてさ。肝潰したんだぜ？」

「いつだよ」

　健史はシャンパンを開けるのが上手い。コルクを飛ばしたりすることなく、エレガントな仕草で抜栓する。少しの間、ボトルを置いて、発泡を落ち着かせてから、グラスに注いでくれる。

「去年の秋。十一月頃だったかな」

「何で、俺に言ってくれなかったんだよ！」

　城之内が一番引っかかっているのはそこだ。最も影響を被るはずの城之内が蚊帳の外で、他の家族と弁護士が動いていたとなると、これはおもしろくない。

「母さんに口止めされた」

　健史はペロリと舌を出す。

「お城の病院の女王様だぞ？　逆らえるわけないじゃん」

「……………」

　確かに、母は怖い。兄弟共に、三十歳を過ぎても、勝てる気がしない。

「……そうだけどさ……」

「それに、おまえが後を継ぐのもありかなとは思った」

「へ？」

いいシャンパンは美味しい。こんなにイライラしていても、やっぱり悔しいくらいに美味しい。

「何なんだよ、俺が後継ぐのがありってのは」

「いや、おまえ、結構院長の器かなって。少なくとも、象牙の塔でふんぞり返っているよりは、患者のために走り回る町医者の方が似合うかなって」

両親は、共に地域医療に身を捧げていた。いつも、兄弟が起きる前に出勤していて、全寮制の学校に行ってしまうまでは、兄が朝食を作って、城之内に食べさせてくれた。夕食は、通いの家政婦さんがいて、作ってくれていた。医院と自宅を分けた祖父は慧眼だったと思う。これで、医院の後ろに自宅があったりした日には、あっという間に二十四時間営業になりそうだった。

「……そう簡単に言わないでくれ」

城之内は絞り出すように言った。

「これでも……大学での仕事も抱えているし、派遣で行っている病院もある。簡単に……やめられるとは限らない」

大学病院での仕事にやりがいはあった。若手に指導するのは好きだったし、難しい症例も手がけ、論文も人一倍頑張って書いてきた。派遣先でも、評価は悪くないと思っている。あちこち飛び回るのが好きだった。ワーカホリックの両親の血をしっかり継いでしまったらしく、忙しくしているのが好きだ。

「それに……さっきも言ったけど、あの医院は、俺にはオーバースペックだ。俺だけなら、あれほどの設備はいらないし、スタッフだって、全員を食わせていけるかどうか……」

「ああ、それなら」

健史は優雅な仕草でシャンパンを飲みながら言った。

「俺に当てがある」

マトリやらＭＲやら、アクティブな仕事をしているわりに、この兄には妙に典雅なエグゼクティブの雰囲気がある。

「当て……？」

「とりあえず」

健史はちらりとグラス越しに弟の顔を見た。グラスに押し当てた唇が不敵に笑っている。

「おまえは、明日から全力で大学をやめろ」

「…………」

たった一時間前には想像もしていなかった事態のど真ん中に、城之内は突然放り込まれてしまった。

拒否しようと思えば、できるのかもしれない。それこそ、親子の縁を切る覚悟で、閉院してしまえばいいのだ。スタッフたちは有能らしいから、再就職など簡単にできるだろう。しかし。

〝患者のために走り回る町医者……〟

兄がさらりと言った言葉が、妙に胸に突き刺さってしまった。城之内のハートの一番柔らかいところをピンポイントで射貫いたのだ。

〝大学教授になって……俺は本当にやりたいことができるんだろうか……〟

教授選は、一種の政戦だ。大学院を卒業してから、ずっと学内に居続けている城之内は、誰よりもそのことをよく知っている。

〝俺は……政治家になれるだろうか……〟

ふわふわと泡が昇るシャンパングラスを見つめながら、城之内は考える。

〝俺は……何になりたい？　どこに……行きたい？〟

答えはどこにあるのだろう。

早くたどり着かなければならない。

もう時間はない。この瞬間に決断しなければならない。
「……わかった」
城之内は頷く。
探しているものはどこにあるのだろう。
手探りで歩き出すしかない。賽は投げられたのだ。
城之内はぐいとシャンパンを飲み干して、唇をぐっと手の甲で拭ったのだった。

ACT 3.

城之内医院は、住宅街から幹線道路に出る、その途中にある。敷地は広く、確かにこれは『町医者』というよりも『病院』というイメージだ。三階建ての白い建物は、少し離れたところからでも目立つ。去年、外壁をすべて塗り直し、内部の設備もいくつか入れ替えて、リニューアルしたのだという。

『都合により、三月三十一日まで休院させていただきます』

でんと大きな掲示が貼ってあるのを横目に見ながら、城之内は正面玄関を回り込んだところにある通用口から中に入った。スタッフ用の入り口は別にあり、ここから出入りするのは、医師である両親だけだったはずだ。

「お待ちしてました」

院内に入ると、上がりがまちに立っていたスタッフが軽く頭を下げてきた。

「診療放射線技師の高井です」

休院中なので、白衣ではなく、セーターにチノパンというラフなスタイルだ。細身で背が高い。

「設備とかのご説明もあるので、俺がご案内します」

「よろしくお願いします」

城之内は素直に頭を下げる。両親が雇っていたスタッフにきちんと会うのは、ほとんど初めてだ。父は頑健な人で、一度も休診したことがなかったので、城之内が代診に来ることもなかったのだ。ここに足を踏み入れるのも、一人前の医師になってからは初めてである。

「あとで、事務のものやナースたちにもご紹介します。今日はみんな来てますので」

「え、そうなの？」

城之内が後を継ぐと決めたのが三日前である。実はまだ、大学の教授には正式に話をしていない。顔を合わせる機会がないのだ。とりあえず、机を並べている准教授にお伺いを立てて、教授と直接話す前に、直筆で退職願と事情を説明した手紙を書き、秘書に頼んで、教授のメールボックスに入れてもらった。近々お沙汰があることだろう。

「たまに集まって、掃除したり、機械の点検したりしてるんです。一応、お給料出てますし」

高井はにこにこと言った。のんびりとした草食系の青年だ。

「十一月いっぱいで休院して、もう一ヵ月以上経ちましたから、結構ほこりっぽくなってきちゃって。本当は、機械も毎日立ち上げてやらないとならないんですが、しょっちゅう俺たちが出入りすると、セキュリティが甘くなっちゃうんで、とりあえず、一週間から十日に一回くらいにしています」

高井が先に立ち、一階の診療スペースへのドアを開けた。

「一階が整形外科、二階が内科です。えーと、俺の専門からになっちゃいますけど、レントゲン室とMR室からご案内しますね」

整形外科フロアは、白とモーヴを基調にしたシンプルなデザインの空間だった。

高井はパタパタとサンダルを鳴らしながら、城之内を案内していく。

「レントゲンは、去年の春にCRからFPDに変わりました。MRは1・5Tです」

「てことは、ペースメーカーが入っていてもOK?」

城之内の問いに、高井は前を横に振る。

「機種によるんですけどね。でも、基本はお断りしてます。結構、患者さんの記憶って当てにならなくて。いつ、どんなペースメーカーを入れたのか、正確にわかっていない方が多いんです。何か事故が起きてからでは遅いので、MRの撮像が必要な時は、ペースメーカーを入れた病院で撮ってもらってます」

高井は次々に明かりをつけて、機械を説明していく。

「レントゲンは、基本二方向です。斜位とか前屈、後屈なんかをルーチンで入れる場合は、先に言っておいてくだされば、それで撮影します」

「MRは造影もするの？」

設備は、城之内の想像よりもずっと整っていた。これなら、病院と遜色ない診療ができそうだ。

「しませんね。やっぱり、内科と整形だけでは、アレルギーとかショック、コンパートメントになったりした時の対応ができないので、基本は造影なしです。その代わりと言っちゃ何ですが、シーケンスの数は多いと思います。このあたりもご相談です。腰椎で五シーケンスくらい撮るので、それでは撮りすぎということでしたら、減らすのもありですので」

「五シーケンスは多いねぇ」

「サジタルがT1、T2。アキシャルがT1。それに3Dで、サジタルとアキシャルです」

「あ、3Dがルーチンなんだ」

「追加で撮るのがめんどくさいので、一気に撮ります」

どの部屋も白が基調になっていて、とても明るい。休院してから一ヵ月以上というが、掃除も行き届いていて、すぐにも患者を受け入れられそうだ。

「先生、聖生会中央病院でも、診療されてますよね」

骨密度の測定室を案内しながら、高井が言った。

「俺の弟、あそこで働いているんです」

「へぇ……。ドクター？」

「いえいえ、俺と同じ診療放射線技師です。救命救急センターの専従です」

「それは激務だね。あそこ、忙しいんでしょ？」

「病院と違って、夜勤がありますからね。俺にはとても務まらないです」

高井は苦笑しながら言った。

「俺、ここに来る前、至誠会外科病院にいたんです」

「至誠会？　俺も行ってるよ。あそこも激務じゃない？」

「ええ」

骨密度の測定室も、機械が入ってギリギリという感じで狭いが、きちんと片付けられていて明るく、清潔だ。かえって、病院よりも手入れが行き届いていてきれいかもしれない。

「夜勤こそないですけど、緊急手術とかで結構呼び出しがあって、俺、身体もたなくなって、やめたんです。一度呼ばれると、数時間拘束されますから。ちょうど、ここの求人も出ていたし、運命かなって。完全週休二日って、やっぱり魅力的ですよね」

「週休二日？」

　そういえば、この医院は木曜日と日曜日が休みだ。ただ、両親は休日診療や、急患を診るために、休みの日もよく出勤していたので、休診日があるという意識が、城之内は曖昧(あいまい)だったのである。

「病院って、土日が休みですけど、結局、呼び出しとか夜勤があるので、結構時間が不規則なんですよね。検診も繋(つな)ぎでちょっとやりましたけど、あっちはもっと不規則です」

　整形外科フロアは、受付、診察室と点滴室、処置室、レントゲン室、ＭＲ室、骨密度測定室、リハビリ室で成り立っている。去年の春に大々的に改装したとかで、とても、祖父の代に開業したとは思えない。

「リハビリの方は、あとでＰＴが出勤してきたら、案内させます」

「ありがとう」

　ちらりと覗(のぞ)いたリハビリ室は、窓が大きく、光がたっぷりと入りそうだ。城之内も見慣れている、リハビリ用の平行棒やベッドが並んでいる他(ほか)に、物理療法用の機械がずらっと並んでいる。いわゆる『電気』や『牽引(けんいん)』だ。一階はだいたい見たかなと思った時、高井が手に持っていた電話が音を立てた。

「あ、誰か来ましたね」

　ちょっと待っててくださいと言うと、彼はパタパタと通用口に走っていった。城之内も後を追うようにして歩いていく。

「お待たせしました」

通用口を内側から開けて、高井が言った。

「お疲れ様」

ドアの向こうに立っていたのは、城之内の兄である健史だった。

「よう、聡史。来てたか」

「ああ。高井くんに一階を見せてもらってた」

「わりといいだろ」

健史はMRという職業柄なのか、ここに結構な頻度で出入りしていたらしい。両親と話すには、自宅に訪ねていくよりも、ここに来た方が確実だからだ。

「ああ。もっと古びた感じかと思ったら、きれいだな」

城之内が頷くと、健史は苦笑した。

「ほんと、おまえ、実家には興味ないのな。去年、大々的にリフォームしたし、機材も入れ替えしたから、ぴかぴかだよ。スタッフもせっせと手入れしてくれてるし」

「俺たちは仕事の一環ですよ」

高井が笑った。

「副院長、掃除にはうるさいですから」

副院長とは、内科を診ていた母である。

「それより、兄貴」

城之内は少し早口に言った。

「内科の先生、連れてきてくれたんだろ」

「あ、ああ」

ここの後を継ぐ話をした時、城之内は、一人ではここを経営してはいけないと言った。何せ、開業医としては破格と言っていい三階建てだ。敷地も広く、駐車場は十五台分確保してある。スタッフも多く、明らかに、一人で経営するにはオーバースペックなのである。それに対して、兄は「当てがある」と言ったのだ。その「当て」を連れてきてくれたのである。

「一緒にやってくれるかどうかは、とりあえず、中を見てもらってからだ」

そして、すっと身体を横に引いた。兄の後ろに立っていたほっそりとしたコート姿の男性が姿を現す。

「え」

「初めまして」

優雅な仕草で頭を下げたのは、後光が射しそうなくらいの美貌の人だった。

カシミアか何からしい、きれいな光沢の黒いコートが、彼のほの白い美貌を際立たせている。深い栗色のさらさらとした髪が、冬の白い光を弾く。

「聖生会中央病院の姫宮蓮と申します」

尋常ならざる美貌の内科医は、髪の色とマッチしている栗色の瞳で、城之内を見つめる。

「城之内先生、よろしくお願いいたします」

城之内医院の二階部分が、内科診療スペースだ。

「設備が整っていますね」

広々とした診察室には、コンパクトなエコー装置もあって、すぐに使えるようにもなっている。他に、検査用のエコーと内視鏡が一つの部屋におさまっていて、そこが検査室だ。

「後でご紹介しますが、俺の相方の診療放射線技師が、胃の検査の認定持ってますので、胃の透視は任せてもらって大丈夫です。透視の装置も整ってますので、やろうと思えば、穿刺もできますよ」

高井の言葉に、姫宮は微かに笑った。

「そこまでやりたくないですね」

彼はコートの下にきちんとスーツを着ていた。ほっそりとした身体に、明るいグレイのスーツと桜色のネクタイがよく似合う。

「待合が広くていいですね。畳もあるんですね」

医院のフロアは広い。その上、整形外科にあるMR室やリハビリの設備が内科には必要ないので、いっそうフロアを広く使える。型通りのソファの他に、畳もあって、足を伸ばせるのが、姫宮は気に入ったようだ。

「内視鏡も最新のモデルですね。洗浄機も新しいですし。一日にどのくらいの件数をこなしていたんでしょう？」

「検査日は水曜日と金曜日で、外来を診ながら、だいたい十件くらいです」

答えたのは、ポニーテールも可愛らしい私服姿のナースだった。南と名乗ったナースは、消化器内視鏡技師の資格を持っているのだという。

「いつも予約はいっぱいになります。病院よりも待たなくていいので」

「待たなくていい？」

「病院の検査だと、一ヵ月待ちとかになりますでしょう？　でも、ウチだと一週間待ちくらいですみます。それ以上かかるようだったら、午後一くらいで、無理矢理当日にやっちゃったりもします。副院長、患者さんをお待たせするのが嫌いなんです」

「副院長というのは……」

「ああ、俺の母だ」

城之内はこりこりと首筋のあたりをかきながら言った。

「ここは俺たち兄弟の両親が経営していた医院で、母が内科を診ていたんだ」

「なるほど、お父上が院長で、母上が副院長というわけですか」

姫宮は涼しげな声音で言った。

「まぁな。でも、実権は母が握っていたみたいだけどな」

城之内は苦笑いする。

「母のあだ名は、お城の病院の女王様だ」

「お城の病院？」

「ウチ、そう呼ばれてるんです」

南が笑いながら言った。

「城之内……お城でしょう？」

「ああ、なるほど……」

姫宮が頷く。

「それで、お城の女王様ですか」

「怖いからね」

後ろについてきていた健史が言う。

「親父が怖いと思ったことは一度もないが、ひたすらおふくろは怖かったな」

「あら、そんなこと言っていいんですかぁ？」

南がにこにこしている。

「副院長に言いつけますよぅ」

「わいはーに移住しちゃった人に？」

健史がふふっと笑う。

そう。兄弟の両親は、三年前から周到に準備をし、ハワイに完全移住してしまったのだ。

「さて、見学はだいたいこんなところでいいかな。姫宮先生、どう？」

「はい」

姫宮が頷いた。内科は二階なので、整形外科が入っている一階よりも光が入る。白い冬の光に、姫宮のほの白い美貌が輝いて見える。

〝本気で美人だ……〟

男性に対して『美人』はないと思ったが、しかし、それ以外の形容詞が見当たらない。

「おい、聡史」

一瞬、本気で見とれてしまったらしい。はっと城之内が我に返ると、呆れた顔で、兄が見ていた。すでに、彼はエレベーターに向かっている。

「さっさと来い」

「あ、ああ……」

城之内が兄に続くと、もう一度二階のフロアを見回していた姫宮もすっと後ろに続いた。やはりふわっと微かにグリーンノートが香る。さらさらと素直な深い栗色の髪から、きらきらと光の粒がこぼれ落ちる。一瞬、金髪なのかと思うほどの輝きに驚いたが、髪自体に艶があるせいらしい。

「どうかしましたか？」

不自然に振り向いた形で固まっていたからだろう。姫宮が不審そうに目を細める。

「いや……何でもない。三階にスタッフルームがあるから、そこで話をしよう」

ようやく、姫宮から視線を引き剝がして、城之内はエレベーターに乗り込んだ。

院長室は素っ気ないほどシンプルな部屋だった。壁はクリーム色のクロス張りで、絵の一枚もかかっていない。やはりクリーム色のサイドボードには、一応コーヒーメーカーと電気ポット、カップがいくつかとコーヒーが用意されていて、部屋に入ると、すぐにすっと健史がコーヒーをいれ始めた。家を出てから長い彼は、家事が一通りできるらしい。腰が軽く、何でも、城之内よりも先に、ひょいひょいと動いてくれる。

「どうぞ」

城之内は、グレイの布張りの一人掛けソファに座り、向かいに姫宮を招いた。

「失礼します」

腕にかけていたコートを置き、姫宮は姿勢良く座る。

「お待たせ」

すぐにいい香りがして、健史がコーヒーをサーブしてくれる。

「親父のことだから、安物はないと思ってたけど、思った以上にいい豆だった」

「一ヵ月以上もほっといたんだろ？　湿気てなかったのか？」

思わず尋ねると、健史はにっと笑い、城之内の隣に座った。

「ちゃんと新品だよ。今開けた。いい香りするだろ？」

「確かに」

少しの間、コーヒーを楽しんでから、城之内はおもむろに口を開いた。

「それで、いかがでしょう」

姫宮がすっと視線を合わせてくる。切れ長の一重、涼しげな目で、城之内を見つめる。

「私には、過ぎた設備です。ここまできれいにリフォームされて、機械もリニューアルしたのに、なぜ、城之内先生のご両親はこちらを手放されたのか、ちょっと理解に苦しむところはありますね」

さらりと言う。

「スタッフも揃（そろ）っているようですし、開業するに当たって、これ以上の好条件はないと思います」

「それでは……」

城之内は、そっと探るように姫宮を見つめる。彼はふっと桜色の唇の端を持ち上げた。

「私でよければ、よろしくお願いいたします」

軽く頭を下げてから、顔を上げ、見とれるくらいきれいに微笑（ほほえ）んで。

「明日から、全力で聖生会中央病院を退職します」

どこかで聞いたセリフだ。

どこで聞いたんだったかな。

頭の片隅で考えながら、城之内は兄がいれてくれた香り高いコーヒーをそっとすすった。

ACT 4.

カレンダーはあっという間に二月になり、三月になった。

「今日はあったかいねぇ」

のんびりと言いながら、診療放射線技師の高井が窓を開けている。当然のことながら、彼の住み処であるレントゲン室やMR室に窓はないので、廊下やスタッフ通路の窓である。そして、せっせと床にモップをかける。

「高井、窓開けると埃が逃げる」

高井と一緒にモップをかけていた華奢な青年が文句を言う。ちまちまと小柄な上に、可愛らしい顔立ちをしているので、女の子のように見えるが、勝ち気な声はしっかりと青年のものである。理学療法士の美濃部だ。

「だって、掃除する時には窓開けないとだめだって、母ちゃんがいっつも言ってるよ」

「俺の母ちゃんは、はたきかける時に窓開けろって言ってる」

「モップだっておんなじじゃないか」

ひょろっと背の高い高井と小柄な美濃部はでこぼこコンビだ。せっせと合皮製のソファを拭いていた南が笑い出す。

「あんたたち、相変わらず仲いいね」

「別に」

「仲なんかよくないよ」

「ほら、仲良し」

南がさらに笑う。

「あんたたちくらい、先生方も仲良しになってくれるといいんだけどねぇ……」


「それでは、薬局の在庫が多くなりすぎます」

ぴんとよく通る声は、姫宮だ。

「薬剤の最小ロットを考えてください」

「だから、一箱だろ？　百錠くらい？」

「……市販品じゃないんですから」

城之内ののんびりとした答えに、姫宮は呆れたような表情をしている。

「薬局に入荷するとしたら、もっと大きな単位になります。それにたった百錠の薬を何種類も置いたら、場所を取ります」

「俺、そんな無理言ってる？」

城之内は、少し困ったように笑っているスタッフを振り向いた。医院のすぐ前にある院外薬局の薬局長である。

「いえ、無理ではありませんが」

「ほら」

「城之内先生、ありませんが、と言っています」

姫宮が冷静に言い放つ。

「薬局長、この先生ははっきり言わないとわからない人です。できないことはできないと言っていいんですよ」

「あ、ひでぇ」

「何がひどいんですか」

「あー、ブレイクブレイク」

院長室のソファセット。二つ並んだ一人掛けに、城之内と姫宮が座り、向かいの三人掛けに薬局長が座っている。隣り合いながらも、意見のまったく合わない二人の間に割って入ったのは、窓際に立っている健史だった。

「高橋さん」

健史が薬局長に声をかけた。

「とりあえず、親父たちの使っていた薬剤のリスト、出してくれます？」

「あ、はい」

高橋がほっとしたように頷く。

開業医には、二種類ある。院内で薬を処方する院内処方と、院外薬局に処方箋を出して、処方を受ける院外処方である。城之内医院も、以前は院内処方をしていたのだが、二十年ほど前に院外処方に切り替えた。

「聡史、そこからチョイスってできないわけ？」

トップMRさまの登場である。城之内はふんと唇をゆがめる。

「俺がよそで使ってた薬を、何で使えないんだよ」

「いや、使うなとは言わないけどさ。でも、頻度がどれくらいか、まだわからないだろ？」

「確かに、ここは聖生会中央病院に近いので、患者が移ってくる可能性はありますが」

姫宮がふわっとソファの背もたれに背中を預けた。まだ診療が始まっていないので、城之内は薄手のセーターにジーンズという姿だが、姫宮はこの方が楽なのだと言って、ノータイのシャツにセンタープレスのパンツ、その上にショート丈の白衣を羽織っている。

「でも、城之内の名は変わらないわけですから、患者層がそれほど大きく変わるとは思えません。処方内容も、ご両親が使っていたものと大きく変える必要はないのでは？」

　抑揚の少ない話し方は、どうやら姫宮のもともとの口調らしいのだが、何だか人間味が薄くて、城之内は少し苛つく。

「それじゃ、両親から俺に替わった意味がないじゃないか」

「城之内先生のご両親に対するマウンティングに、患者さんを利用してはいけません」

「うわ……」

　窓際に立ったままだった健史と、向かいのソファにいる高橋が同時に頭を抱えた。

「言っちゃったよ……」

「それ、どういう意味だよ……」

　低音で凄む城之内に、姫宮はクールな視線を送る。

「そのままですよ。あなたは、ご両親に子供のような対抗意識を持っているだけです」

　すっぱりと言って、そして、桜色の唇がきゅっと片端を上げた。

「ああ……子供でしたね」

「何だとっ」

「さーとーし」

　がばっと横を向く城之内に、健史がなだめるように言う。

「ガキか、おまえは」

姫宮は高橋に話しかける。

イライラがおさまらず、肩をふるふるさせている城之内を無視して、姫宮は高橋に話しかける。

「高橋薬局長」

「城之内副院長の処方はカルテで確認しましたが、一応、薬局内にある在庫のリストも見せてください」

「わ、わかりました」

「ルーチンの処方は、それを見てから決めます。いいでしょうか」

「はい。時間的な余裕はありますので」

高橋はそそくさと立ち上がった。

「それでは、失礼します」

ほとんど逃げるようにして、高橋が院長室を出ていく。その背中を見送ってから、城之内は姫宮に食ってかかった。

「あんたなっ！」

「あんたではありません」

姫宮がぴしゃりと言い返す。

「私には、姫宮蓮という名前があります。先生呼びを強制はしませんが、あんたと呼ばれるのは心外です」

「じゃあ、姫とでも呼べば、気が済むか?」

城之内の言い草に、今度は姫宮が柳眉(りゅうび)を逆立てる。

「私をそう呼んだ者は、みな後悔することになっていますが」

「こらこらこら」

健史が呆れたように声をかける。

「子供かよ、二人とも……」

窓際から離れ、健史はソファでにらみ合う二人の間に割って入った。

「これから、一緒にやっていくんだから、そんなくだらないことでケンカするなよ……」

「くだらないことじゃない!」

城之内ががるるると唸(うな)りそうな顔をしている。姫宮は整いすぎた顔に無表情の仮面をつけて、まさにぞっとするような美しさだ。

「確かに、私は城之内先生に雇われている身ですから、余計な差し出口をいたしました」

すっと立ち上がる。姫宮は立ち居振る舞いがとても優雅で、洗練されている。『姫』と呼ばれることをものすごく嫌がるのは、成人男性として当然なのだが、しかし、彼の持つ雰囲気は『姫』という呼び名に、ぴったりくる感じなのである。

「い、いや、そういうこと言ってるわけじゃ……」

城之内が慌てたように言った。

城之内と姫宮は、いわゆる共同経営者ではない。

弁護士と健史も加わって、いろいろと検討した結果、医院の経営権は城之内が持ち、姫宮は他(ほか)のスタッフと同様に、医師として雇用されている立場となった。いずれ、経営が安定してくれば、共同経営にしてもいいと城之内は思っているのだが、今のところ、どう転ぶかわからないため、家族ではない姫宮にリスクを負わせることはできないからだ。

「……悪かったよ。あ……姫宮先生がそう呼ばれるの、嫌いだって知ってたのに」

「知ってて言ったんですか？」

姫宮の声音が、またぐんと冷たくなる。

「まったく……本当に子供だな」

「何だとっ」

健史が呆れたようにため息をつくのを見て、二人はぶっつりと黙り込んだ。

一緒に働き始めて、二ヵ月になるが、世の中にこれほど相性の悪い人間がいるのかと、城之内は驚いていた。

〝俺、人付き合いは上手(うま)い方だと思ってたんだけどな……〟

物心ついてこの方、人間関係で苦労したことはほとんどない。誰からも好かれたし、人付き合いで嫌な思いをしたことは皆無と言っていい。さすがに、医師になってからは、面倒な患者を相手にすることもあったが、大きな問題になったことは一度もない。

その城之内が、姫宮を相手にした時だけ、子供のように感情を爆発させてしまう。いつもなら、さらっと笑ってすませられるようなことなのに、姫宮を目の前にすると、妙にイライラして、棘（とげ）のある態度をとってしまう。

「おまえたちね……」

健史が嚙（か）んで含めるように言った。

「いい歳（とし）した大人なんだから、譲るところは譲りなさい。本音でぶつかり合うのもいいけど、それでまわりの雰囲気まで悪くしないこと。いいね？」

「…………」

「…………」

「返事は？」

まるで、幼稚園の先生である。無言の二人を、健史はじっと見ている。

「……わかったよ」

「……申し訳ありませんでした」

渋々を態度にするとこうなるという見本のような二人を目の前にして、健史は深くため息をついたのだった。

その店は、医院から歩いて十分くらいの距離にあった。

「へぇ……こんなところがあったんだ……」

マンションの一階にある、雰囲気のある木の扉を開けると、中はびっくりするくらいに広い。キッチンに繋がっているカウンター席を横目に見て、城之内は予約席に案内してくれるスタッフの後について、店の奥に進んだ。

「あ、若先生、来たよー」

すでにテーブル席にいた高井が手を振っている。彼の隣には、小柄な美濃部の姿がある。そして、二人の向かいには、ほの白い美貌を輝かせた姫宮が座っていた。

「悪い、遅れた」

軽く手のひらを立てて謝ってから、城之内は姫宮の隣に座った。ゆったりとしたテーブルには、クロスがかかっておらず、きれいに拭き上げられた木肌のままだ。椅子はクッションのない木の椅子なのだが、上手く身体にフィットするようにできているらしく、座り心地はいい。

「えーと、先に始めててってことだったので、オーダーだけしました。といっても、マスターのお任せなんですけど」

高井がにこにこと言う。

「ここ、それが一番いいんです。えっと、食べられないものないですよね？」

「ああ、俺は大丈夫だけど」

ちらっと横を見ると、姫宮も頷いている。

「好き嫌いもアレルギーもありません」

「了解でーす」

高井が敬礼で答え、さっと手を上げた。

「お待たせしました」

スタッフがすっと寄ってくる。

「飲み物、お願いしまーす」

「はい」

すでに用意していたらしく、スタッフがワゴンを押してくる。

「え？　何？　ワイン？」

「カヴァと言います」

ワゴンを押してきたスタッフが言った。

「スペインのスパークリングワインをカヴァと言います。このカヴァ・ムッサ・ブリュット・ロゼは、シャンパンと同じトラディショナル製法のスパークリングワインです」

シンプルなエチケットのボトルは、美しいルビー色をしていた。抜栓し、フルートグラスに注ぐと、ふわっときめ細かい泡が立ち、花のような甘い香りがする。

「うわぁ、きれいだなぁ……」

城之内がグラスを眺めて、歓声を上げる。

「ロゼ？　赤ワインみたいだ」

「じゃ、グラスも渡ったところで、乾杯しましょうか」

高井が言った。

「グラスを持って。城之内先生、乾杯のご発声をお願いします」

「え、俺？」

「他に誰がするんですか」

姫宮がいつもの抑揚のないクールな口調で言う。城之内は嫌そうな顔で、隣を見る。

「あんた……もうちょっと言いようが……」

「だから、あんたはやめてください」

「じゃあ、姫……」

「蹴飛ばしますよ」

「ちょっとちょっと……」

美濃部が困ったように眉を八の字に寄せている。

「やめてくださいよ……。乾杯する前に、何でケンカになるんですか……」

「別にケンカする気はないんだがな」

城之内は肩をすくめた。

「この人が、俺にケンカ売ってくる」

「どっちが」

姫宮がぼそりと言った。あまりの間の良さに、残りの三人が絶句する。姫宮自身は、淡々とした無表情のままだ。

「せっかくのワインがぬるくなります。城之内先生、さっさと乾杯してください」

「さっさと……」

あまりの言い方に、またも三人は絶句である。しかし、そこはコミュニケーションの鬼である城之内の立ち直りが早かった。相手が姫宮一人だったら、今までのように不毛な言い合いに突入してしまっただろうが、今日はこれから世話になるであろう二人のスタッフがいる。その上、その二人は、顔を合わせればケンカしまくるドクター二人の不仲を心配して、わざわざこんな席を設けてくれたのだ。その気持ちを汲み取ってやらなければならない。まだまだ経営者として未知数である城之内を、ある意味信じて、スタッフとして医院に残ってくれた大切な二人なのだ。城之内はぐっと言いたいことを飲み込んだ。

「じ、じゃあ……とりあえず、乾杯しようか」

城之内はグラスを持ち直した。

「えーと……何て言えばいいかな」

「ここはスペインバルですか？」

すっと横から姫宮が言った。高井がきょとんとして頷く。

「はい。『マラゲーニャ』って名前でわかりましたか？」

「ええ。それと『カヴァ』で」

姫宮はさらりと言う。

「それなら、乾杯の言葉は一つでしょう」

「……んじゃ、乾杯の音頭は譲るよ」

城之内はすいとグラスを目の高さに上げた。

「よろしく。姫宮先生」

「それでは、僭越ながら」

姫宮がさらりと受けた。

「城之内医院の前途を祝して。Ｓａｌｕｄ！」

「Ｓａｌｕｄ！」

全員が声を揃える。グラスが軽く触れ合い、澄んだ音を立てる。

何やら、不穏な雰囲気もはらみつつ、城之内医院の新しい船出である。

「だから、〆はやっぱりパエージャだろ」

「ここはスペインバルと言っても、多国籍のようです」

「でも、スパニッシュ系だろ？　それなら、やっぱり……」

「城之内先生、今まで何を食べてきたんですか？」

　三十歳を超えた立派な大人で、かつ医師、しかも開業しようという一人前の医師である二人の男の子供のような言い合いに、高井と美濃部は頭を抱えていた。

「フレンチ寄りのものも、イタリアン寄りのものもあったでしょう？　リエットはスパニッシュですか？　カポナータは？」

「だからっ、〆はスパニッシュでいいじゃねーかっ！」

「大きな声を出せばすむと思っていますね？」

「そんなこと言ってねぇだろっ」

「……マジか」

　高井がつぶやく。

「うん、マジみたい……」

　美濃部が応じる。

「ねぇ……」

　美濃部が高井をそっと見上げた。身長差が二十センチ以上もある二人は、どうしても美濃部が見上げる形になる。

「ウチ、整形外科と内科が一階と二階に分かれててよかったよね……」

「うん……同意……」

ここそこと話しながら、二人は不毛な言い合いを続ける医師たちを眺める。

「あ、でも……」

美濃部が言った。

「お皿……」

「へ？」

「見て」

「あ……」

美濃部がそっと指さす。

二人掛けのテーブルを二つ合わせた木のテーブルには、いくつかの大皿がのっていて、それを取り分けるような形で、四人は食べている。取り分けるための皿も小皿ではなく、結構大きさがあって、そこに複数の料理をのせて食べているのだが、その盛り付けが。

「……同じじゃん……」

誰かが取り分けるのではなく、それぞれが食べたいものを食べたいだけ取っているのだが、城之内と姫宮の皿は、おかしいくらいに盛りつけ方が似通っていた。取った料理もほぼ同じだし、食べる量もほぼ同じらしく、皿の上の様子は笑えるくらい似ている。

「……おい、圭……」

「何？」

「この人たち……」

相変わらず、〆の料理について激論を戦わせている城之内と姫宮を見ながら、高井は言った。

「何か……見た目ほど仲悪くないんじゃね？」

「じゃあ、間を取って……フィデワのパエージャ！」

城之内がこれならどうだとばかりの顔をする。姫宮はというと、はぁ？　という表情だ。

「何が間なんです？」

「フィデワ！　カッペリーニって、パスタだろ？　イタリアっぽい！」

「………」

姫宮の視線は、まさに氷点下だった。呆れたとかバカじゃないの？　とか、いろいろな言葉を視線一つで表すのは、大したものである。

「文句ないだろ？」

上機嫌の城之内に、姫宮は肩をすくめただけだった。

ACT 5.

クリニックの玄関横には、桜の木が一本ある。城之内の祖父が医院を開業した時に植えたものだという。桜は毛虫がつきやすく、なかなか管理の難しい樹木なのだが、『お城の病院』の女王様は、これを切り倒すことを許さなかった。華やかで潔い桜を、女王様は何より愛したのである。

「確かに……きれいだよな」

四月。今年の春は、駆け足どころか、全速力でやってきたと城之内は思う。

「年が明けてからこっち、俺、まともに寝ていない気がする……」

「そうでもないぞ」

兄の健史が笑った。

「おまえ、ここでも結構居眠りしてたじゃないか」

「そうですね」

クリニック三階である。ここはスタッフオンリーの場所で、スタッフたちのロッカーやスタッフルームがあるところだ。そして、当然、医師二人のプライベートルームもある。

エレベーターを降りたところは、ちょっとしたホールになっていて、色とりどりのソファが置いてある。そこに健史と姫宮が座り、城之内は広く取った窓から、玄関横の桜の木を見下ろしていた。すでに満開は過ぎて、微かな風にも花びらがほろほろと散っている。

『城之内・姫宮クリニック』は、本日、無事開業である。

「駐車場、もう一ヵ所確保しておいて、正解だっただろ？」

健史が言った。

クリニックの前には、十五台という、開業医としては破格の駐車場を用意しているのだが、健史に「これじゃ、たぶん足りないよ」と言われて、半信半疑で、徒歩五分の駐車場を十台分確保した。もうじき、診療時間になるのだが、一時間も前にクリニック前の駐車場は満車になり、事務スタッフの報告では、第二駐車場も早々と満車になったという。

「しかし……やはり、医院の名前はそのままにしておいた方がよかったんじゃ……」

姫宮が言った。

「昔からの患者さんもいるだろうし……」

「あんたもいいかげんしつこいな」

城之内が少し苛立ったように言葉を返す。

「名前がそのままだって、中身は変わってるんだ。それなら、わかりやすく知らせた方がいい。それで、来なくなる人は来なくなるし、新しく来る人もいる」

開業するにあたって、いろいろと揉めるところはあったが、一番揉めたのが、医院の名前だった。姫宮は、当たり前のように「そのままでいい」と言ったのだが、城之内は変えるつもりだった。

『お城の病院』は、祖父と両親のものだ。城之内のものではないし、当然、姫宮のものでもない。姫宮からすると、城之内が三代目として後を継ぐところに、自分が入るという感じらしいのだが、城之内からすれば、あくまで新規開業なのである。だから、当然、名前も新しくするつもりだった。とにかく、揉めに揉め、最後は強引に城之内が届けを出してしまい、姫宮が渋々認める形になった。

「さぁて」

そろそろ九時になる。開院の時間である。

「行きますか」

城之内は洒落たデザインのケーシーを着ている。正直、ケーシーを着るのは久しぶりだ。大学にいた頃は、スクラブで通していた。手術室に入る時は、そのままではなく、結局、手術着に着替えるのだが、やはり、今流行のジャージ素材のスクラブは着やすく、楽なので、それればかり着ていた。しかし、開業するにあたって、ふと祖父のことを思い出した。

整形外科医だった祖父は、いつもきちんとプレスされた白衣を着ていた。城之内は祖父がだらしない格好をしているのを、一度も見たことがない。祖父はいつも「患者さんへの礼儀だ」と言い、引退するまで、白衣姿を通した。両親はどうしていたのかわからないが、城之内は、開業医＝祖父のイメージそのままに、スクラブではなく、白衣を選んだ。

「患者さんは女医さんを期待しているかもしれませんね」

姫宮が苦笑しながら立ち上がった。

「申し訳ないことです」

「いや」

先にエレベーターに向かっていた城之内が振り返る。

「あんたの方がおふくろより美人だから、いいんじゃねぇのかな……いってぇっ！」

いきなりローキックをくらった城之内は悲鳴を上げる。その横をすっと姫宮が追い越していく。

「何すんだよっ！」

「診療が始まりますよ」

声は涼しいが、視線は氷点下だ。一瞬、きょとんとしていた健史が爆笑する。

「おまえたち、結構いいコンビだよ」

「何だよ、コンビって」

大きく切ったピクチャーウィンドウ。折からの風に舞い上がった桜の花びらが揺れる。

まるで、祝福の花吹雪のように。


「まぁ、八十年も使っている身体だからね」

身体の不調を切々と訴える患者に向かって、城之内は少し引きつりながら、何とか笑顔を作る。

「これ以上、薬は出せないよ」

「でも……」

「あなた、血液サラサラの薬飲んでるでしょ？　これ飲んでる人に、強い痛み止めって出せないんだよ。痛み止めにも、血をサラサラにする成分入ってるからさ」

「でも……痛くて……」

「朝だけでしょ？　少し身体があたたまれば、動けるんだから」

「でも、痛いんです……」

「あー、佐々木さん、こっちでお話ししましょうねぇ」

ナースの南が、にこにこと患者を誘導してくれる。城之内は肩を動かしながら、はぁっとため息をついた。

「お疲れですね」

師長の富永が柔和に笑った。若いスタッフの多いクリニックだが、彼女だけが城之内の母の世代だ。大学病院の総師長まで勤め上げて、ここに来たのだと聞いた。若いスタッフにいろいろと指導してくれる存在で、両親も頼りにしていたのだという。

「はぁ……まぁ……」

カルテを見ると、診察の患者は途切れていた。リハビリの患者は、そのまま診察をスルーすることになっている。そうでもしないと、一日に二百人を超える患者はさばけない。最初は違和感を覚えたこのシステムにも、ようやく慣れた今日この頃である。

「若先生は、大きな病院での勤務が主でしたから、ウチで診るような不定愁訴は、あまり診てこなかったでしょう？」

「そうだね」

デスクの引き出しを引いて、城之内はタンブラーを取り出す。中には、ホットコーヒーが詰めてある。出勤してくる途中で、コーヒーショップに寄って、二本分買ってきたのだ。

「ある程度、覚悟はしてたけど、これほどとはね……」

開業して、もうじき一ヵ月になる。ゴールデンウィークを前にして、ようやく診療が落ち着いてきた、天気のいい日である。

「あーあ……こんな日は、仕事なんかしないで、どっかに遊びに行きたいなぁ……」

「そうじゃなくて」

富永が微笑む。

「若先生、手術室が恋しいんじゃないんですか？」

城之内は、股関節疾患の専門医だ。変形性股関節症と骨折の手術執刀で、毎日のように手術室に入っていた。しかし、開業を決めてからこっち、ほとんど執刀の機会はなくなり、すでに三ヵ月以上、手術室には入っていない。

「……ここにも、手術室はあるだろ」

城之内はコーヒーを飲みながら言った。

「親父は使ってたんだろ？」

「まぁ、腱鞘炎の手術程度ですね。骨接合もやっていた時期はあると聞いていますが、年に数度の手術のために器材を揃えるのもコスト的にどうか……ということで、ここ数年はやっていません」

また、電子カルテのリストに患者が入ってきた。新患だ。

「あら、新患ですね」

富永がポケットからメモを取り出す。クリニックでは、城之内に新患を回す前に、スタッフが予診を取り、必要ならレントゲンを撮ってから、診察になる。

「お話、聞いてきますね」

軽く会釈して、富永が診察室を出ていく。

「……おはようございます」

彼女の張りのある声を聞きながら、城之内は再び大きなため息をついた。


城之内の住み処である一階は、白とモーヴを基調としたモダンな感じに仕上がっているが、二階は木目調のインテリアでシックな雰囲気だ。

「あ、お疲れ様です」

エレベーターではなく、階段を上って、二階に上がってきた城之内を迎えたのは、男性ナースの北岡だった。まだ二十代と若い北岡は、新卒で就職した病院で体調を崩し、ここに転職してきた青年看護師だった。おっとりと優しくおとなしいので、女性ばかりのナースや事務スタッフとも上手くやっているようだ。

「お疲れ。こっち、忙しい?」

城之内に尋ねられて、北岡は軽く頷いた。

「今日は検査日なので、先生は検査室と診察室を行ったり来たりです」

「あ、そっか」

そう言えば、内科では、内視鏡の検査日を決めていると聞いていた。

「水曜と金曜だっけ」

「予約は。それ以外でも、必要があれば、すぐに検査をします。洗浄とかは大変ですけど、患者さんは喜んでくださいます」

若い男の子なのに、北岡の言葉遣いはとてもきれいだ。

「あ、北岡くん」

二階にあるレントゲンの透視検査室から、ひょいと顔を出したのは、診療放射線技師の水田(みずた)だ。検診業が長かったという彼は、胃の透視検査のスペシャリストである。

「ブスコパンの注射、頼める？」

「はい」

北岡はおとなしく頷いた。

「申し訳ありません、先生。失礼します」

「ああ、お疲れ様」

ぺこんと頭を下げて、北岡は透視検査室に入っていく。城之内はその後ろ姿を見送ってから、すっと内科の診察室に繋(つな)がっているドアを開けた。そこを入ると、診察室のバックヤードのようなところに出られるのだ。

「……そうですね。やはり食生活と運動習慣からでしょうか」

耳を澄ますと、姫宮のよく通る声が聞こえた。城之内と話す時のクールな響きはなく、穏やかでゆっくりとした優しい口調だ。

「そこから改善して……」

「でも、食べるのだけが楽しみだし、運動はねぇ……」

患者は男性だ。

「先生、簡単に薬で何とかなりませんか。仕事でストレス多いんで、それ以上のストレス抱えたくないんですよ」

「お仕事でストレス多いですか」

食事療法と運動療法を勧めているということは、高血圧か血糖値高値か、それとも高コレステロールか。

「多いですよぅ。先生みたいに、のんびり開業医やってる方とは、わけが違うんですから」

〝何だと……っ〟

自営業がどれだけ大変か。思わず拳を握りそうになったが、姫宮はさらりとかわす。

「でも、薬をきちんきちんと飲むのも、結構なストレスになりませんか?」

そっと覗くと、患者の姿は見えないが、姫宮の横顔は見えた。

〝え……？〟

どんな引きつった顔をしているかと思った。自分だったら、ぶち切れそうだ。てか、たぶんぶち切れている。さっきだって、南が上手く患者を連れ出してくれなかったら、いい加減にしろと、強く言っていたかもしれない。

「たとえば、今の食事を少し見直すだけで、対応できるかもしれません。麺類はよく召し上がりますか？」

姫宮はわずかに微笑んだまま、言葉を連ねる。

「まぁ、お昼はカップラーメンとか多いですかねぇ」

「それなら、スープは飲まないようにする。それだけで違いますよ？」

「いや、スープ飲みたいですよ。あれ、塩っぱくて美味しいじゃないですか。残すのもったいないですよぅ」

「喉が渇きませんか？」

「渇きますよ。だから、午後は缶コーヒー二本くらい飲んじゃいますねぇ。甘いやつ」

「それ、お小遣いが大変じゃないですか？」

姫宮が笑みを含んだ口調で言う。

「お小遣いの節約のためにも、缶コーヒーはもったいないでしょう？」

「ああ、そっか……」

後ろから、もう一人のナースである柴に声をかけられて、城之内はそっと唇の前に指を立てた。そうっとその場から離れる。

「どうしました？　姫宮先生にご用ですか？」

城之内は首を横に振った。

「いや……内科はどうかなって思って」

「頑張っていらっしゃいますよ」

柴がにこっとした。南と仲のよい彼女は、看護大学の同級生で、その南に誘われて、ここに来たのだという。

「なかなか、ウチは難しい患者さん多いんですけど」

「……みたいだな」

親指で、くいっと診察室を示すと、柴はあははと笑った。

「あんなの、可愛いうちですよ。もっともっとすごい難物がたくさんいますから。それを副院長先生は、頭からぐいぐい押さえつけてたんですけど、姫宮先生はきちんと話を聞いて、何とかいい方向へと努力してらっしゃいますね。びっくりするくらい辛抱強いですよ」

〝あの人……そういうタイプだったか？〟

姫宮の印象は『理性と正論でぶん殴る』である。たぶん、自分よりも開業医に向かない。城之内はそう思っていた。しかし。

〝俺より……よっぽど、患者の話、ちゃんと聞いてるじゃん……〟

しかも、自分の言いたいこともきちんと伝えている。

「それに内視鏡検査、ご専門だとは聞いていましたけど、すごいですよ」

柴が感嘆したように言う。

「するするってあっという間に入れちゃうし、え、いいんですかって言うくらい、さって引き上げてくる。でも、見るところはちゃんと見てる。何か、日々、すごいもの見せてもらってます」

「はぁ……」

城之内はがっくりと肩を落とした。柴がきょとんと見ている。

「どうしました?」

「いや、ちょっとアイデンティティが揺らいでるだけだから……」

「……先生、粘るなぁ」

患者の大きな声がした。笑っている。

「わかったよ。ラーメンと缶コーヒー、気をつける！　そんで、ちょびっと歩いてみる！」

「はい、頑張ってください」

姫宮の優しい声。

「次の血液検査、楽しみにしていますから」

城之内はそっとドアを開けて、廊下に出た。診察室から出てきた患者と顔が合う。五十がらみのガタイのいい男性だ。白衣姿の城之内を見ると、少し不思議そうな顔をしながらも軽く会釈して、エレベーターに向かって歩いていく。その後ろ姿を見送って、城之内は肩をすぼめるようにして、すごすごと一階の整形外科に戻っていったのだった。

『落ち込んだ時には、結構いい場所ですよ』

落ち込んだことなんかあるのか？　というキャラである森住が教えてくれたのは、びっくりするくらいわかりにくい店だった。

「ほんとに、こんなところがバーなのか？」

確かに、まわりの住宅とは作りの違う大きなドアには、金色の小さなベルが結びつけられている。これが開店の合図なのだと教えられて来たのだが。

「ま、いっか……」

看板すら出ていない。ドアを照らす控えめなスポットライトとドアノブの営業中の印だという小さなベル。恐ろしくやる気のない店である。

　ドアを思い切って引き開けると、ものすごい美声のマスターが迎えてくれた。

「いらっしゃいませ」

　シルクのように滑らかな声だ。端整な佇(たたず)まいのマスターは、城之内をカウンターの真ん中の席に招いてくれた。

「何にいたしましょう」

　ハンサムというよりも『美形』という言葉が似合うマスターである。仕立ての良さそうな白いシャツに黒のベスト、細かい織り模様のダークブルーのタイと、バーテンダーのスタイルである。

「ええと、ジンリッキー」

「かしこまりました」

　ぼんやりと店内を見回す。バーというと薄暗いイメージだが、この店『le cocon(ル・ココン)』は、それほど暗くない。特に、手元のあたりが小さなスポットライトで照らし出されているので、かなり明るい感じだ。たぶん、カクテルの色がよく見えるようにと、このような仕様になっているのだろう。さくりっといい音がして、ライムの爽(さわ)やかな香りが立つ。マスターがジンリッキーを作るために、フレッシュライムをナイフで切っているのだ。

「ここ、わかりにくいですね」

思わず言うと、マスターが微笑んだ。

「ええ、そういう風に作ってありますので」

「そういう風に作ってある？」

「はい」

きらきらと美しく輝くグラスの上でライムを搾り、そのままぽとりとグラスの中にライムを落とす。銀色のメジャーカップにジンを注ぎ、くるりと手首を返すようにして、グラスに入れる。ロックアイスをいくつか入れ、最後にソーダで満たす。

「お待たせいたしました」

黒いシックなコースターにグラスを載せ、すっと差し出す。

「ジンリッキーでございます」

微かなグリーンを帯びたカクテルは、グラスまでよく冷えていて、一口すするとすっと喉の奥が涼しくなった。

「……美味しい」

「ありがとうございます」

木の葉のような形をした白い小さな皿に、清見オレンジと瀬戸内レモンのドライフルーツを少しずつのせたものが出てきた。おつまみらしい。

「当店には初めてでいらっしゃいますか？」

マスターに尋ねられて、城之内は頷いた。

「知り合いに教えてもらって。落ち込んでる時にいいところだって」

「落ち込んでる時ですか」

マスターが微笑む。

「この店の名前の意味、おわかりですか?」

マスターのすらりと長い指が、軽くコースターの縁をなぞる。

「名前……『le cocon』……繭?」

マスターが頷いた。

「はい。ここは、お客様が籠もることのできる繭です。ですから、たくさんのお客様をお迎えすることはありません。限られたお客様にゆったりとくつろいでいただくための場所なのです」

「……あの脳天気な森住先生にも、繭に籠もりたいと思うことがあるのかね……」

「おや、お知り合いとは、森住先生でしたか」

マスターがカウンターの右端にいた客と、軽く視線を合わせた。ほっそりと華奢な青年だ。笑顔が可愛らしい。

「いくら教えられても、ここにたどり着けない方はたどり着けません。どうぞ、ごゆっくりおくつろぎください」

いいジンを使っているらしく、ジンリッキーは美味しかった。ライムも酸っぱいだけでなく、微かな甘みと苦みがあって、爽やかだ。

〝いいバーを教えてくれたな……〟

ドライフルーツもジンリッキーに合う。意外な組み合わせだが、ぴったりと合っていて、ちょっとびっくりだ。

「うん……美味しい……」

ジンリッキーはロングドリンクだ。静かなバーで、城之内はカクテルを楽しむ。

「……姫宮先生、開業したんだって？」

カウンターの奥の方から、よく響く冴え冴えとした声が聞こえた。そっとそちらを盗み見ると、きりりとしたアーモンドアイが印象的な男性客がいた。彼の前にあるのは、たぶんストレートのウイスキーだ。チェイサーと交互に、ゆっくりと楽しんでいる。

「うん。もともと彼は開業医志望だったからね」

答えたのは、彼の隣に座っている同年輩の男性だ。

〝聖生会中央病院のスタッフか？〟

城之内は、週二回、聖生会中央病院で診療を行っていたが、あそこにはたくさんの医師が所属している。城之内もすべてを把握しているわけではない。

「あれ、そうなの？　庄司先生、彼から、そんなこと聞いてたの？」

「まぁね。何度か相談も受けた」

庄司と呼ばれた医師が頷く。

「正直、消化器外科の俺としては、内視鏡医として優秀な彼に抜けられるのは痛すぎるんで、言を左右にしていたんだけどね。どこからか伝を見つけたらしくて、すいっと逃げられちゃった。彼の上司の石崎先生も嘆いてたよ」

「どっから見つけたんだろうねぇ」

ウイスキーの客がくすりと笑う。ちょっと悪い笑い方だ。

「篠川先生、笑い事じゃないよ。何せ、姫宮先生はできる人だったんだから。仕事はできるし、患者受けもいい。まぁ……スタッフ受けはあまりよくなかったけど」

庄司医師の言葉に、篠川医師が小首を傾げる。

「スタッフ受け、よくない？　センターとしては、ありがたい先生だったけど」

「何せ、歯に衣着せない人だからね。まぁ、言ってることは正しいんですけど」

庄司医師が苦笑している。二人の会話から察するに、庄司医師は、消化器外科で、篠川医師は救命救急センターの所属であるらしい。

「姫先生、こっちの無茶ぶりにも、さらっと応じてくれる柔軟な先生だったからねぇ。何で、開業しちゃったんだろうねぇ」

〝そう……それだよ〟

城之内は、二人の医師の話に耳をそばだてるのをやめて、再びジンリッキーを口に運ぶ。

〝何で、あの人は開業医になる道を選んだんだろう〟

城之内のように、家業を継ぐ必要があったわけでも、病院での仕事が評価されていなかったわけでもない。むしろ、引き留められる立場だった彼が、どうして、開業医を志したのか。

〝わーかんねー〟

ドライフルーツをかじりながら、城之内は深いため息をつく。

彼は……姫宮蓮(れん)は……わからない。

ACT 6.

階段をゆっくりと上る。エレベーターに乗れば、三階まではあっという間に上れるのだが、時間のある時、城之内はなるべく階段を使うことにしていた。

「あ、若先生、お疲れ様です」

院内のスタッフは、みな両親の頃からいてくれるスタッフなので、やはり城之内をすぐに『院長』とは呼びにくいらしく、いつの間にか、みな『若先生』と呼ぶようになっていた。姫宮のことは『姫宮先生』と呼んでいるが、城之内は知っている。みな彼の目や耳がないところでは『姫先生』と呼んでいるのだ。『女王様の後釜が、姫ってできすぎですけどね』とは、高井の弁である。

「姫先生は？」

「検査室です。内視鏡の検査中ですよ」

柴が答える。

「北岡くんが介助についてます」

「今日、検査日じゃないでしょ？」

　確か、内視鏡の検査日は水曜と金曜で、今日は火曜日だ。

「ああ、緊急検査です。たぶん、アニサキス」

「アニサキス？」

「寄生虫です。昨日、シメサバ食べてから、胃の激痛で転がり回るくらいだったそうで」

　柴が言った時、内視鏡検査室のドアが開いた。北岡が顔を出す。

「あ、柴さん。虫体鑑別用の容器って、シャーレでいいんでしたっけ？」

「取れた？」

　柴が軽く城之内に頭を下げてから、駆け寄った。

「ええ。大漁大漁。三匹取れました。全員元気です」

「いやぁねぇ」

　にこにこしている北岡に、柴が呆れたように言った。そこに姫宮が出てきた。今日も、白いシャツに淡い水色のネクタイ、ショート丈の白衣を羽織っている。

「柴さん、点滴の準備はできていますか？」

「はーい。車椅子、持ってきますね」

　柴がぱたぱたと去った。

「院長先生、どうされました？」

姫宮の涼しい声。城之内は思いっきり嫌な顔を作った。

「あのな、その院長先生ってのやめてくれ」

嫌味なのか何なのか、診療が始まってから、姫宮は城之内を『院長先生』と呼ぶようになっていた。まぁ、確かにそうなのだが、スタッフの誰からもそう呼ばれていないし、城之内にとっての『院長』は、あくまで祖父であり、また父であるので、自分がそう呼ばれることがどうしても認められない。

「それなら、私を『姫』と呼ぶのもやめていただかないと」

姫宮はさらりと言い、診察室に入っていってしまった。すでに昼休みの時間になっているのに、まだ待合室には患者の姿がある。

「若先生、どうしました？」

ひょいと顔を出したのは、技師の水田(みずた)である。

「あ、いや……ちょっと。なぁ、もうお昼だろ？」

水田が苦笑する。

「あ、ええ。整形はわりと時間通りに終わりますけど、内科はどうしても時間過ぎちゃうんです。診療に時間がかかるので」

「もしかして、おふくろの頃から？」

小声で言う城之内に、水田が頷(うなず)く。

「点滴とかもありますしね。だから、俺と高井は、内科と整形で固定してますけど、ナースはローテーションしてるんです。そうでないと、不公平になるから」

「へぇ……」

「しかし、姫先生、頑張ってますよ」

城之内につられたように、水田が少し声を潜めて言った。

「若先生は、後継ぎだから、まぁ、患者さんたちもまったく知らないわけじゃないですけど、姫先生は、本当に、全然知名度がない状態で来ているわけですから。そのわりには……って言ったら失礼ですけど、患者さんも日々増えてます。副院長先生の頃より、増えてるかも。特に、若い層が増えてきてると思います」

「お疲れ様でーす」

お弁当の包みを提げて、階段を上がってきたのは、事務スタッフである。

「若先生、お弁当届いてますよー。お部屋に置いときましたー」

「あ、サンキュ」

答えてから、城之内はその事務スタッフを捕まえる。

「ねぇねぇ」

「はーい？」

のんびりとした口調のスタッフは、越野（こしの）という名前で、事務スタッフの中では一番若い。

「姫先生の患者、増えてる？」

「増えてますよー」

あっさりとした答えが返ってきた。

「口コミで、怖いおばちゃんから、美形の優しい先生に替わったって……あ」

城之内は笑い出してしまう。

「た、確かに、おふくろは怖いおばちゃんだよな」

「姫先生、患者さんには優しいですからねー」

越野が言う。

「私たちには、スーパークールですけどー」

「ですから、あなたたちが、私を『姫』などと呼ばなければ、優しくしますよ」

後ろから、姫宮のクリアな声がした。越野がきゃーっと悲鳴を上げて、逃げていく。すっと音もなく姿を現した姫宮は、手に患者の荷物を持っていた。そのまま、内視鏡室に行こうとするのを、水田が押しとどめて、自分が荷物を受け取り、内視鏡室に向かう。

「……あんた」

「姫宮です」

「……何で、患者に優しいんだ？」

「院長先生」

姫宮が真顔で、城之内を見ている。微笑むと、まるで花びらが開いたような美しさを見せる姫宮だが、真顔だと、ちょっと近寄りがたいような雰囲気になる。きんとした氷のような空気を纏うのだ。

「当たり前ではないですか？　患者さんは弱い立場です。高圧的に接する必要はありません。違いますか？」

「弱い……立場ねぇ」

城之内は首を傾げる。

「俺はそうは思わないな」

姫宮の栗色の瞳が、城之内を見据える。黒目がちで、視線の力がとても強いタイプなので、見つめられると体温を感じるほどのパワーがある。

「いや……俺は……患者が弱い立場だと思ったことはねぇから」

城之内は言う。その視線に負けないように。

「俺と患者は、対等な立場だと思ってる。対等な立場でディスカッションして、治癒に向けて、一番いい方法を探っていく。だから、俺は患者が弱い立場だとは思わない」

姫宮はすっと壁に寄りかかった。両手を胸の前で組み、少しうつむく。完璧な曲線で構成されたプロフィールが美しい。

「それは……今まで、院長先生が診てこられた患者さんたちに限って通用する方法なのではないでしょうか」

「……どういうことだよ」

「先生は、今まで、紹介患者さんのみを診てこられましたよね」

「あ、ああ……まぁ、そうか」

城之内が今まで診療してきたのは『大病院』と呼ばれる場所ばかりだ。大きな病院では、整形外科であっても、完全予約制である。ほとんどが他院からの紹介患者なのだ。

「確定診断がついている患者さんと、今初めて診察される患者さんとでは、気の持ちようが違うんです。ただ治癒に向かって、その方法を探る人と、自分の身体に起こっている変調が、何に起因しているのかがわからない人。つまり、私たちがここで診る患者さんたちは、院長先生が今まで診てきた患者さんのワンステップ前にいる人たちなんです。この違い、おわかりですか？」

「姫先生……ってぇっ！」

思い切り足を踏まれて、城之内は悲鳴を上げる。

「何すんだよっ！」

「あなたは、どうしても私をまともに呼びたくないようですね」

彼の栗色の瞳は、少し色素が薄いのか、ちょっとガラスのような輝きを持っている。その瞳でじっと見つめられると、何だか人形の瞳に見つめられているようで、何となく落ち着かない。

「あんたって呼ぶと、あんた怒るじゃん」

「だから、普通に姫宮と呼べばいいじゃないですか」

「あんたの前任者が女王様、ここはお城。んで、後任のあんたが姫。ぴったりじゃん」

「……殴られたいですか？」

物騒な目つきで睨(にら)みつけられて、城之内は両手を胸の前に立てた。じりじりと後ずさる。

美人には、二つのタイプがあって、目の形も唇の形も微笑む感じになっていて、笑顔が素顔というタイプと、黙って無表情でいると、整いすぎていて怖いようなタイプだ。姫宮は明らかに後者のタイプなのである。

「たんまたんまっ。顔が怖いよ」

「この顔は生まれつきです」

姫宮はすっと壁から身体を離した。

「院長先生、お昼ごはんをどうぞ。私はまだ診察が残っていますので」

「あ、ああ……」

そそくさと階段に向かう。

「あ、院長先生」

後ろから声が聞こえる。凛とよく通る声。

「ご心配をおかけしているようですね」

城之内は振り返った。姫宮はすでに診察室に向かっている。

「様子を見にいらしたんでしょう?」

「あ、いや……別に心配なんかしてないけど……」

「城之内先生の患者さん、できるだけ減らさないよう努力はしているつもりですが、やはり女医さんでないと嫌という方はいらっしゃいます」

後ろ姿のままで、姫宮は言う。

「……それだけは、私の力不足です。申し訳ないと思っています」

「……俺は、あんたが力不足だなんて思っちゃいないよ」

城之内は言った。

「そう思っていたら……俺はあんたをクリニックの相方になんかしなかった」

姫宮が小さく頷くのが見えた。

「……ありがとうございます」

診察室のドアが開き、そして、閉じた。

ゴールデンウィークが終わり、クリニックは、ようやく通常運転になった。四月にオープンしてから、一ヵ月でゴールデンウィークに入る。ここを過ぎないと、診療体制は落ち着かないと思っていた。

「結果から言うと」

四月の月報を持ってきたのは、事務スタッフのトップである加西だった。

「昨年十一月とほぼ遜色ない診療報酬を上げています。内視鏡検査に関しては、件数が上がっています。減ったのは、骨密度ですね」

「あー、それ、俺のせいだ」

城之内が手を上げる。

「何か、どういう患者にオーダーすればいいのかわかんなくって」

「前院長に倣えばいいのでは？」

三階にある城之内のプライベートルームである。医師二人のプライベートルームは、コネクティングルームになっている。二人の部屋の間のドアを開けて呼んだので、姫宮も同席している。

「それがよくわかんなくてさ」

城之内は正直に言った。

「六十代でもやってない人はやってないし、四十代でやってる人もいるしさ。まぁ、今はレントゲン見て、骨密度薄そうな人には、年齢関係なくやってる。あと、ポスター作ってもらって、希望者にもやってる。案外いるよ」

「ウチは、エコーではなく、ＤＸＡ法でやってますけど、意外と知られてないんですよね」

加西が言った。

「若先生がいらしてから、血液検査も加えたので、確度が上がったようですね。コスト的にもグッドです」

「はいはい。まぁ、合格ラインってこと？」

「上出来だと思いますよ」

普通、開業医の場合、受付や請求事務を行う事務スタッフの他に、経理関係を見るスタッフがいる。たいてい、院長夫人などがそれにあたるのだが、城之内医院には、もともとそうしたスタッフがいなかった。祖父も父も、他人を入れず、家族だけで経理関係をすべて見ていたのだ。城之内も、それが当たり前と思っていたのだが、自分が数字に疎いことをすっかり忘れていた。というわけで、月報を見せられても、何が何だかわからない。解説を聞いて、ようやく頷いた。

「まずまずの滑り出しか」

加西が出ていった後、城之内はため息をついた。姫宮は加西が置いていった月報を見ている。

「そう……ですね。私は開業医の採算ラインを知りませんが、ここでずっと開業医としてやってこられた城之内夫妻の診療報酬に遜色ないなら、問題なしということでしょう」

「たぶん、俺一人だったら、無理だったろうな」

城之内は正直に言った。

「あんた……姫宮先生がいてくれたから、どうにかなった」

「もともと、複科でやっていたのですから、それは私がどうこうではないと思います」

姫宮はさらりと言う。

「まぁ、でも、合格ラインに達したのは嬉しいですね。私のやってきたことが間違いではなかったことが証明されたわけですから」

「間違いなんか……」

城之内が言いかけた時だった。ポケットの中で、電話の子機が鳴った。病院時代には、医療用PHSを持っていたのだが、開業医ではそこまでの設備は必要ないので、普通の電話のPHSサイズの子機をポケットに入れている。

「はいはい」

応答ボタンを押す。

「俺だよ。……転倒？　ウチにかかってる患者さん？　……ふぅん……いいよ。着いたら呼んで」

　通話を切ると、姫宮が何？　という顔をしている。

「ああ、救急隊からだよ。ウチにかかってる患者が、自宅で転倒して歩けないんだってさ」

「高齢者ですか？」

「八十歳。話だけだけど、頸部骨折じゃないかなぁ」

「大腿骨頸部骨折ですか？」

「話を聞いた感じではね。十分で到着だってさ」

　城之内は立ち上がった。姫宮も立ち上がる。

「高齢者なら、全身状態も把握しておきたいところでしょう。私も行きます」

「あ、サンキュ。助かる」

　見上げた時計は、午後三時。ちょうど、午後の外来が始まる時間だった。

　運び込まれてきた患者は女性だった。普段は完全自立している元気な女性なのだが、救急車からストレッチャーで下ろされた患者は、顔をゆがめ、痛みを訴え続けている。

「転倒だって？」

救急入り口などないので、救急車は玄関前に横付けになり、ストレッチャーは他の患者の間を縫うようにして、まずはレントゲン室に運び込まれた。

「庭で洗濯物を干していて、転倒したそうです。転倒したのは、午前十一時頃だったのですが、家族が全員留守で、動けなかったそうで」

城之内が救急隊の話を聞いているうちに、一緒に待っていた姫宮が、患者の全身状態を確認している。

「四時間近く外に倒れていたとなると、ちょっと心配ですね」

「バイタルサインに問題はありませんでしたが」

「富永（とみなが）さん」

姫宮が振り向いた。

「レントゲンを撮ってからでいいですから、一応、ルートを取ってください。脱水を起こしている可能性もあるので」

「はい。何を繋（つな）ぎましょうか」

「ソリタT1を入れましょう。ありますか？」

「はい」

城之内が患者に近づく。

「ちょっと診せてな」

左脚は伸びているが、右脚は伸びきらない。城之内が右の股関節に手を当て、ゆっくりと伸ばそうとすると、患者は大声を上げて抵抗した。

「高井」

「はぁい」

技師の高井が顔を出す。内科担当の水田も降りてきている。

「とりあえず、両股関節A－Pな」

「はい。んじゃ、とりあえず、ストレッチャーからこっちに移しますね」

高井が前に出る。水田もひょいと出てきて、管球を移動した。慣れたものである。

「じゃ、スクープで移動して、割りましょうか」

「お願いします」

「はい。じゃあ、行きます」

救急隊員たちが、プラスチック製の担架であるスクープを持ち上げる。

「一、二、三っ」

患者を移し、スクープの持ち手部分の金属バーを外して、二つに割り、患者の身体の下から抜き取る。

「痛い、痛いっ」

「はいはい、ごめんねぇ」

高井と水田が、患者をなだめながら、ポジションを整える。

「撮影しまーす」

救急隊とナース、二人の医師も患者の傍を離れる。

「……骨折ですか？」

姫宮が低い声で聞いてくる。城之内はこくりと頷いた。

「たぶん。ここじゃどうにもならんから、どっかに紹介しないと」

撮影が終わると、すぐに画像がビューワーに出てきた。城之内はビューワーに近づく。

「……内側骨折か」

大腿骨頸部骨折である。足の付け根にあたる部分の骨が骨折していた。

「手術だなぁ。救急隊さん、少し待ってもらえる？　転送になるから」

城之内は、ナースの南を振り返った。

「聖生会中央なら受けてくれると思うから、南さん、電話してみて」

「うわー、やだなぁ」

何を言っても、いつもにこにこしている南が、めずらしくえーっという顔をしている。

「どした？」

「いえ、妹があそこのセンターにいるもんで。電話して、妹が出たら気まずいなぁと……」

それでも、さっとすぐに動いてくれるのが、南のいいところだ。

「あ、もしもし、こちら城之内・姫宮クリニックですが、患者さんをお願いしたいんですけど……はい？」

南の語尾が跳ね上がった。

「えと……どうしてもだめですか？　……はぁ……はぁ……わかりました。では、よそをあたってみます。失礼します」

「何だよ、断られたのか？」

受話器を置く南を、城之内はびっくりしたように見ている。

聖生会中央病院には、付属の救命救急センターがある。城之内もセンターからの患者を受け入れたことがあるので、あそこが基本的に患者を断らないことを知っている。

「マジかよ……」

南が首を傾げる。

「火災の患者受け入れと、多重衝突事故の受け入れが同時進行しているそうで……今は無理だそうです」

「ああ、あれは聖生会さんが受け入れたんですか」

救急隊員がつぶやいた。

「ここから二十キロ近くあるところなんで、まさか聖生会さんに来るとは……」

「至誠会は……三次だから、だめだろうしな……」

城之内はつぶやいた。

「南さん……」

「探します。でも、ちょっと時間かかるかも」

南の視線がちらりと救急隊に向く。いつまでも、救急車を待たせておくわけにもいかない。城之内は軽く頷いた。

「救急隊さんには、一旦帰ってもらおう」


城之内は、診察室の時計を見上げた。針は午後五時を指している。

「富永さん」

忙しく歩き回っている師長を捕まえる。

「病院、見つかった？」

「いえ」

富永が短く答えた。

「ダメ元で、至誠会や東興学院大にもかけてみましたが、ダメでした」

午後三時に救急搬送された大腿骨頸部骨折の患者の受け入れ先が決まらない。

「週末ですから……」

富永がため息をついた。

すでに搬送から二時間が過ぎようとしている。患者は、処置室のベッドに休ませているが、ベッドと言っても幅の狭い処置用ベッドだから、寝心地はよくないだろう。診療の合間に、城之内も見に行っているが、顔色がよくないのがわかる。何せ、高齢である。早く病院に運んで、休ませてやりたいが、肝心の転院先が見つからないのだ。

「…………」

城之内はうつむいて、しばらく電話を見つめ、ふうっと深く息を吐いた。

「……富永さん、聖生会中央に電話してくれる？　俺が直接話す」

同じかもしれない。城之内の名前はとっくに出している。それでも、断られてしまう。

〝俺の名前なんて……何の役にも立たない〟

それなりに、自分の名と顔は知られていると思っていた。診療を行ったどの病院でも、いい仕事をしてきた自信はあった。しかし。

「先生……っ」

そこに南がぱたぱたと駆け込んできた。

「聖生会が受け入れＯＫだそうです！」

「え？　断られたんじゃないの？」

間抜けな顔をしてしまう城之内に、南はほっとしたような笑顔を見せている。

「よそがダメだったら、もう一度電話してくれって言われてたんで、かけてみたんです。ばっちり妹が出ちゃって、もう火事と事故の受け入れは落ち着いたんで、受け入れしてもらえました！」

「……ＯＫ。紹介状の宛名書き換えて、すぐ転送して」

「はいっ」

城之内は患者のいる処置室に向かって、大股で歩き出した。


その日の診療は、いつものように午後六時過ぎに終わった。

「お疲れ様です」

三階のホールにあるソファに座り、城之内はぼんやりと窓の外を眺めていた。

「ああ……」

すでに夕暮れ時だ。街の向こうの空は、淡く暮れなずんで、薄紫色になっている。煙草でも吸えれば、格好がつくのかもしれないが、生憎、城之内は喫煙者ではない。ただぼうっとして、夜に傾いていく空を眺めている。

「……………」

いい香りがした。香ばしいコーヒーの香りだ。気がつくと、すっとあたたかなカップが差し出されていた。

顔を上げると、姫宮の静かな視線がそこにあった。彼は無言のまま、カップを差し出す。

「サンキュ……」

ありがたく受け取って、一口すると、少し甘いコロンビアの味わい。

彼もカップを手にしていた。城之内の隣に座り、同じように空を眺めている。ふわっと微かな体温と共に、爽やかなグリーンノートの香り。

「俺……」

城之内はつぶやいた。

「俺、何にもできないんだな……」

結局、あの患者は聖生会中央病院に搬送されていった。あとで、丁寧に森住から電話があり、受け入れが遅れたことを謝られた。普通、そんなことはないのだが、城之内と森住が顔見知りだったことから、わざわざ電話を入れてくれたらしい。

「もしかしたら、ウチで一次救急取らなかったら、あの患者、すんなり聖生会中央病院に行けたかもしれないのに……」

「それは結果論です」

姫宮が間髪入れずに言った。まるで、城之内に余計なことを考えさせないかのように。

「ウチに搬送されたことで、あの患者さんは、より早く医療を受けることができました。レントゲンで確定診断がつき、脱水に対して点滴治療を受け、安全な場所で、病院の選定を待つことができました。少なくとも、救急車の中で待つよりも、はるかに安心できたはずです」

「だが、もしもここが病院だったら、すぐに俺が手術できた……」

「たられぱは、問題の解決になりません」

コーヒーを飲みながら、姫宮は淡々と言う。

「開業医と病院は、役割が違うんです。確かに、どちらも医療機関ではありますが、担う役割が違う。院長先生の判断は正しかったと思いますし、あれ以上の対応はできなかったと思います」

「それは、俺たちがそう思っているだけで、患者にとっては、開業医も病院も、同じ医療機関なんじゃないのか？」

城之内はうっそりと顔を上げた。

「患者にとっては、同じなんだ。どっちも、同じ医者なんだよ。同じ医者なら……最後まで、きちんと面倒見てくれるところに行きたいだろう？　最終的に患者を救うことができなければ、医療機関の存在意義はない」

「私はそうは思いません」

姫宮の凜とした声が、夕暮れの中で、いつもより少し柔らかく響く。

「私たちにしかできないことが、必ずあるはずです。私は、それを信じて、ここに来たつもりです」

すっと、姫宮が立ち上がる。微かなぬくもりとほのかな香りが離れていく。

「お疲れになっているんでしょう」

頑(かたく)なな肩に、しなやかな手が柔らかに置かれた。甘い体温が伝わってくる。

「ずっと、こちらにお泊まりなんでしょう？　たまには、ご自宅にお戻りになって、ゆっくりされた方がいいと思います」

そして、離れていくぬくもり。彼の爽やかな気配。ぱたんとドアの閉じる音がして、城之内は、紫色の黄昏(たそがれ)の中に、一人取り残される。

「……理性と正論でぶん殴るのが……あんただろうが」

こんなに優しいのは……少しだけ卑怯(ひきょう)だ。

こんなに……優しいのは。

ACT 7.

大きな窓に、ぽつりと雨が当たった。一滴当たり、また一滴当たる。しずくは、少しずつ手を繋ぐようにして、やがて窓を濡らしていく。

「梅雨入りしたのか？」

クリニック三階のエレベーターホール。オレンジ色のソファに座って、外を眺めている姫宮に、城之内は声をかけた。

「どうでしょうね」

白いカップを手に、姫宮は顔を上げた。城之内は外来を終わらせて、一階から上がってきたところである。

「明日からは、また晴れるようですよ」

「ふぅん。まぁ、晴れた方が気持ちいいよな」

城之内は一旦部屋に入ったが、すぐにまた出てきた。姫宮の飲んでいるコーヒーの香りに誘われたらしい。インスタントのコーヒーをいれて、そのカップを手にして、姫宮の隣の赤いソファに座る。

「コーヒーメーカーありますよね。使ったらどうです?」

姫宮が言った。彼のコーヒーは、自室に持ち込んでいるコーヒーメーカーで落としたものだ。一方、城之内のコーヒーは、行きつけのコーヒーショップ謹製のインスタントである。インスタントにあるまじき値段のもので、確かに美味しいのだが、コスパはよくない。姫宮はそのことを言っているらしい。

「うーん……洗ったりするのがめんどくさい」

城之内はあっさりと言った。

「いいんだよ、俺はこれで。ちょっとお高いけど、まぁ、美味しいし、簡単だし」

「美味しいのは認めます」

姫宮にも振る舞ったことがあるのである。二人はしばらく、徐々に激しくなっていく雨を眺めていた。

「そういえば」

姫宮がふと言った。

「院長先生、ずっとここに泊まり込んでますよね」

「あ? いや、ずっとじゃないけど」

以前、父が使っていた部屋には、姫宮が使っている部屋にはない設備がある。仮眠用のソファベッドとシャワーがついているのだ。カルテをまめに書かないという悪癖を持っていた父は、請求時期になると、まとめてカルテを書いたり、レセプトの点検のために、医院に泊まることが結構あった。その時に使っていたものである。あくまで仮眠用なのだから、その寝心地は推して知るべしなのだが、慣れない事務仕事をしこしことやっていると、あっという間に時間が過ぎてしまい、もう家に帰るのがめんどくさくなってしまう。

さすがに姫宮にはお見通しというわけである。

「めんどくさいばっかり言っていると、身体の方が壊れますよ」

彼は少し笑って言った。

「先は長いんですから、最初からあまり飛ばさない方がいいですよ」

ざっと一瞬、強く雨が窓を叩く。

「そうだな……」

城之内は頷いた。

「先は長い……んだよな」

「あれ?」

実家に帰るのは、考えてみたら、開業を決めたあの時以来だったことに気づいた。

城之内は、賃貸のマンションに住んでいる。東興学院大医学部付属病院の近くに借りてあるもので、正直、狭いし古いしの物件だ。クリニックまでは車で三十分以上かかるので、何となく足が遠のいていたのは、事実である。もう引き払って、クリニックに近い実家に住んだ方がいいのだが、引っ越し自体がめんどくさい。

「兄貴、いるのか？」

玄関のたたきに雨の痕があった。

少しずつでも、実家に住み替える準備をしようかと思い立って、仕事の帰りに寄ってみると、人の気配があったのだ。

「ああ」

キッチンの方から、返事があった。

「聡史か？　どうした？」

ワイシャツの袖をまくり上げた兄が、顔を出す。

「どうしたって。兄貴こそ、どうしたんだよ」

キッチンに入ると、兄の得意料理であるビーフシチューの匂いがした。

「うわ、美味そう……」

「食うか？　たっぷり作ったから」

「うん」

兄は、あまり料理をするキャラではないのだが、このビーフシチューだけは別だ。たまに、肉の塊を買い込んできて、時間をかけて作る。一体どこで覚えたのか知らないが、これだけは絶品なのである。

「また、母さんのコレクションいただくか」

兄弟はいたずらっぽく笑って、母秘蔵のワインセラーを覗き込んだのだった。

「やっぱり、兄貴のシチューは美味いよなぁ……」

母秘蔵のワインを二本空けて、兄弟はたっぷりとシチューも食べ、満足の体である。

「何で、ここで作ってんだよ」

健史は、実家に住んでいるわけではない。ここから車で一時間ほどのところに、マンションを借りて住んでいる。城之内も何度か訪ねたことがあるが、一人暮らしには広すぎるくらいのなかなか豪華なマンションである。

「ウチ、でかい寸胴がないからな」

彼はあっさりと答えた。

「いちいち買うのも面倒だし」

「それくらい買えよ」

「家に帰るのもめんどくさがってるやつに言われたくないな」

またもお見通しである。城之内は肩をすくめた。何で、自分のまわりにはこんなやつばっかりなんだ。

グラスに残ったルビー色のワインをぐっと飲んで、ふと言った。

「そういや、今まで聞いたことなかったけど」

「ん？」

「姫宮と兄貴って、どういう知り合い？」

城之内が開業すると決めた時に、共に働く内科医として、姫宮を連れてきたのが兄だった。何となくバタバタし続けていて、その関係を突っ込んで聞いてみたことはなかったのだが。

「あ？　言ったことなかったっけ」

健史は皿に残ったシチューをパンでさらいながら、のんびりとした口調で言った。

「蓮（れん）は、俺の後輩だよ」

姫宮のことをさらりと名前で呼ぶ。

「後輩？　大学の？」

「そんなはずないだろ。やつはT大理Ⅲだぞ」

「げ。そうだったのか」

そういえば、自分は彼のことを何も知らないと気づいた。

「まぁ……聖生会はT大多いけど」

「蓮は、英成学院の後輩なんだよ。俺とは二級違いだったけど、まぶしいような美少年でなぁ……」

英成学院は、兄が卒業した中高一貫教育学校である。受験するには、卒業生の推薦状が必要で、高校からの入学は認めないという特殊な全寮制男子校で、実は兄弟の父も、そこの出身だ。

「英成学院の……」

「おとなしい子だったけど、とにかく可愛くて目立ってたよ。今は可愛いってより、ハンサム……いや、美形とか美人か……そんな感じだけど、当時はひたすら可愛かった。でも、面影はあったから、聖生会で会った時、すぐに蓮だってわかったよ」

健史は、いい意味でも悪い意味でも、ひたすらクールなリアリストである。そうでなければ、マトリだのMRだのという仕事はやっていられないだろう。その彼が、何だかとろけそうな顔をしていることに、城之内は驚いた。

「しかし……いくら美少年だからって、二級下の後輩を覚えてるもんか……？」

恐る恐る言うと、健史はああという顔をした。

「ウチは一学年百人の小さな学校だし、全寮制だろ？　六年間ほぼ二十四時間がっつり一緒にいるんだから、結構覚えちゃうんだよ。蓮も俺のこと、覚えてたしな」

「まぁ……兄貴は目立つから……」

シュッとしたハンサムで、颯爽としている健史は、とにかく『かっこいい』という言葉が似合う。子供の頃から『お城の病院のかっこいい子』と言えば、健史だったのである。

「それで、何度かメシ食ったりしてたんだけど、そのうち、開業医って、やっぱり結婚していないと無理でしょうかって言い出してさ、まぁ、そうかもなって言ってたところに、ウチの両親逃亡だろ？　おまえ一人でも蓮一人でも、ちょっと不安だけど、二人ならどうにかなるかって思ってさ」

「どうにかなるかって……」

こんなアバウトなキャラだったかと、しげしげと兄を見て、城之内ははっと我に返った。

「でもさ、何で、姫宮は開業なんかする気になったんだ？　ちょっと噂聞いても、彼、聖生会中央で評価高かったみたいじゃん。あそこも、ご多分にもれず、人手不足だから、優秀な医者なら、待遇は悪くなかったはずだし……」

「さぁて」

健史も首を傾げている。

「俺もそのあたりは、正直、よく聞いてないんだよ。ただ、仲介しただけで。まぁ……開業以前に、あいつが医者になったこと自体が、俺にとっては謎(なぞ)みたいなもんだからな」

ワインを二本空けたところで、次をどうしようかと考える。もう一本かとも思ったが、明日も診療日であることを思いだした。渋々、グラスを置く。

「医者になったこと自体が謎って？　T大理Ⅲなら、医者になるしかないだろ？」

「うん、だから。理Ⅲ進学自体がびっくり」

明日は土曜日だ。健史は休みらしく、ワインを飲み終えると、ビールに切り替えた。ちなみに、酒は二人とも強い。ワインの一本や二本は軽く空けるし、体調がよければ、ウイスキーもそのペースで空ける。

「彼の実家ってのが、一部上場企業のオーナー一族でね。直系ではないらしいんだけど、十二分に裕福で、彼なんか、働かなくてもいいレベル。まぁ、ウチの学校はそんなのがごろごろいたけどな」

城之内が卒業した東興学院も、エスカレーター式の名門私学で、裕福でないと、幼稚園から大学まで、生え抜きで進むことは難しいので、かなりのお金持ちがいる。しかし、働かなくていいとは……。

「これは噂だけど、蓮はずば抜けて優秀だったので、現オーナーに気に入られていて、後継ぎの目もあったらしい」

「……確かに優秀……」

姫宮には、強い知性のひらめきがある。時にそれが強すぎて、その知性で相手をぶん殴ることになってしまうようだが。

「だから、飛び抜けて成績のよかった彼が、T大理Ⅲを受験したのは、不思議でないにしても、まさか、本当に医者になっていたとはな」

「まぁ……医者ってのは、見た目ほどいい商売じゃないからなぁ……」

医師は、恐ろしく下積みの長い職業だ。大学を卒業しても、もらえるのは、国家試験の受験資格だけ。国家試験を突破しても、医師免許がもらえるだけで、一人前の医師ではない。専門すら決まっていない状態では、患者を一人で診ることもできない。とにかく、頭を低くして、指導医やナース、パラメディカルに教えを請いながら、ひたすら研鑽を積むのだ。勤務状態も苛酷な場合が多く、二十四時間の連続勤務など当たり前で、二泊三日の日当直で、七十二時間、病院から一歩も出られないなどということも、当たり前にある。

「しかし、それならなおさらだよ」

やっぱり、ビールが飲みたい。城之内は手を出して、兄の缶ビールを奪う。

「こら……っ」

「勤務医なら、まだ給料の保証があるけど、開業医はそうじゃない。自分だけが食えればいいわけじゃない。スタッフがいるなら、ちゃんと食わせてやらなきゃならないし、設備投資だってしなけりゃならない。一国一城の主かもしれないが、ストレスだって半端ないぞ……」

城之内は、手にしたビールをぐっと飲む。

「何で、大企業の後継ぎの目もあった彼が、一介の開業医になんか……」

「聡史」

弟の手からビールを取り返して、健史は手元のグラスにとぽとぽと注いだ。

「開業医になんか？」

兄はにっと笑う。

「おまえ、自分の仕事をそんな風に見ているのか？」

健史はぐっとビールを飲んで、空になったグラスを乾杯の形に掲げた。

「案外、開業医って仕事を正当に評価してんのは、蓮の方かもしれないな」

実家には、城之内が子供の頃から使っていた部屋が、ほぼそのまま残っている。そのベッドに仰向けにひっくり返って、天井を見上げる。その天井は、子供の頃に見た、染みのある木の天井ではなく、きれいなレリーフのパネルにリフォームされていた。

「わーからん」

イルカに似ていると思った染みはもうない。時間は確かに流れていて、今の自分は、医者になることを夢見て、キラキラしていた小学生でも、父と同じ整形外科医を目指して、毎日指導医に怒鳴られていた研修医でもない。

「あいつ……何考えてるんだろう……」

生まれながらにして、何もかもを持っている姫宮蓮。美貌（びぼう）も、才能も財力も。しかし、彼は自分の持っているものに頼ることなく、何かを……城之内が推し量ることのできない何かを目指して、淡々と歩いている。

「あいつは……どこに行こうとしているんだろう……」

彼と出会って半年。

城之内は初めて、姫宮蓮を知りたいと思った。

ACT 8.

今年の夏は暑くなるらしい。そんな長期予報を見て、城之内はうんざりしていた。

「梅雨はどこ行ったんだ……」

腹が立つくらいぱきっと晴れた青すぎる空を、恨めしく見上げる。

「いい天気ー」

後ろからご機嫌な声がする。振り返ると、今日は内科にいる南だった。ナースはローテーションするので、まんべんなく整形外科と内科に勤務することになる。

「お洗濯がよく乾きそう」

「南は一人暮らしなのか?」

城之内が尋ねると、南はえへへと笑った。

「アパートですよー。ほんとは、妹とルームシェアして、もっと広い部屋に住みたいんですけど、あの子、聖生会の寮に入ってて」

「へぇ、あそこ、寮があるんだ」

そういえば、病院に隣接する形で、何か建物があったなと思う。

「ありますよ。めっちゃ狭いワンルームなんですけど、とにかく安くていいって言って、出たがらないんですよ」

「安いって、いくらくらい？」

「光熱費と光回線込みで、七千円だったかな」

「安っ」

「でしょう？　だから、聖生会の寮生ナースはお金持ってますよー」

けらけらと笑う南にさっと手を振って、城之内は内科の診察室に顔を出した。まだ昼休みなので、患者はいない。

「姫宮（ひめみや）先生」

内科の診察室は、整形外科の診察室よりも、窓が小さく、手元のスイッチでブラインドが下ろせるようになっている。ベッドサイドエコーを使うためだ。そのブラインドを下ろし、少し羽根を傾けて、部屋の光量を絞って、姫宮はビューワーを眺めていた。両手を組んで肘（ひじ）をつき、その手を口元に当てて、じっとビューワーの画像を見ている。

「どうした？」

ドアを閉めて、近づくと、姫宮がふっと振り向いた。

「ああ、お疲れ様です」

「何見てる?」

姫宮のすぐ後ろに立ち、彼が見ていた画像を覗き込む。

「CT?」

姫宮が頷いた。

「繰り返す腹痛で受診された方です。胃潰瘍の既往のある方なので、胃カメラとエコーを施行したのですが、異常はなくて」

「それで、腹部CT?」

「はい。聖生会中央病院に依頼しました。ウチにはCTがないので」

姫宮は振り返ると、少し上目遣いに城之内を見上げた。きれいに切れ上がった一重まぶたの目は、いわゆる目力があって、見つめられるとどきりとするほどだ。

「……こ、これが気になるのか?」

城之内は視線を彼から引き剝がし、画像に向けた。

「聖生会中央病院で撮ってもらったのなら、読影もしてもらったんだろ?」

「いえ。読影までつけると、結果が戻ってくるまで二週間かかるので」

城之内は少し驚いた。院内で頼む分には、そこまでかからなかったからだ。

〝自分のところで検査できないって、こういうことなのか……〟

「本当は、来週予約していた検査を今日に前倒ししてもらったので、これ以上のわがままは言えません」

　姫宮は微かに笑った。

「私の古巣なので、無理を聞いてくれたんです。ありがたいことですよ」

　そして、彼はすっと視線を画像に向けた。

「それで、さっき画像だけ、オンラインで送られてきたのですが……ちょっと気になるところがあって」

　姫宮のしなやかな指が、画像の一部を示した。

「単純CTではわからないのですが、造影すると上腸間膜動脈に……」

　腹部をスライスした画像の真ん中あたりに、白く造影された血管が輪切りにされているが、その周囲が薄黒く写っている。

「この黒い部分が造影されていない偽腔ではないかと思うのですが、かなりめずらしい疾患なので……」

　どうしようかと姫宮は迷っているようだった。

「確定診断をつけようにも、私はちょっと専門外なので。病院にいたら、放射線科に見てもらうところなんですけど」

「確定つければいいのか？」

　城之内は姫宮を見た。姫宮の栗色の瞳が、きょとんと見開かれている。非の打ち所のない美人のきょとん顔は何だか、とても可愛い。

「それなら、俺がMRの読影をしてもらっている放射線科の開業医がいるから、そこに頼んでみようか？」

「放射線科の開業医？」

「ああ。内科として開業しているが、ほとんど読影でメシ食ってる。特急料金取られるけど、即時読影してもらえるよ」

城之内はポケットから、電話の子機を取り出した。

「……あ、城之内です。どうも、お世話になっています。ええと、大至急、腹部CTの読影をお願いしたいんですが、いいですか？　……はい、ありがとうございます。じゃ、すぐ画像送りますんで。よろしくお願いします」

電話を切ると、城之内はちょっといい？　と、姫宮と席を替わった。ビューワーをネットに繋ぎ、画像を転送する。

「すぐ見られるって言ってたから、十五分くらいで結果返ってくるよ」

くるりと椅子を回して振り返る。

「どう？　開業医もやるときゃやるだろ？」

城之内がにっと笑うと、一瞬びっくりしたような顔をしてから、姫宮が微かに笑った。ふわっと花びらが開くような……ほのかな明かりが灯ったような微笑み。城之内はぐっと胸を強く摑まれたような感覚に、無意識のうちに息を止める。

〝こんな顔……できるんだ……〟

姫宮の顔というと、整いすぎていて、少し怖いくらいのイメージがあった。確かに、この頃は少しずつ柔和な表情も見せるようになってきたが、やはり、クールで知的に過ぎる雰囲気が漂う。しかし、今の彼は、本当に無防備で、柔らかな表情を見せていた。それは驚くほどに鮮烈で、そして、甘やかだ。

「ええ……そうですね」

黒目がちの栗色の瞳が、城之内を見つめる。彼の瞳は、かなり明るい栗色で透明度が高く、輝きがとても強い。その瞳に見つめられると、体温を感じてしまうほどだ。

「あなたの言う通りです」

いつものスパッと切るような強さではなく、穏やかな口調で言い、彼は再び微笑んだ。端整とかきれいとか美しいとか……形容詞はいろいろ浮かぶが、その瞬間に頭の中に浮かんだのは『可愛い』だった。

〝この年の男に言っちゃいけないんだろうけど……何か……可愛い……〟

振り向いた形のまま固まっている城之内に、姫宮が首を傾げている。

「どうかしましたか？」

「い、いや……」

なぜかわからないが、心臓がばくばく言っている。

〝兄貴の言った通りだ……確かに可愛い……かも〟

彼から視線を外せず、動けずにいる城之内のポケットで、救いの神のごとく、電話が震えた。精神的な冷凍状態から醒めて、電話を引っ張り出す。

「は、はい、城之内……ああ、どうも」

読影を依頼した放射線科医からだった。

「え？ 上腸間膜動脈解離？ ちょ、ちょっと待ってください」

城之内は、電話を姫宮に差し出した。

「俺にはわからん。あんたが出てくれ」


窓から涼しい風が吹き込んでくるのを感じて、城之内は、うーんと伸びをしながら、時計を見上げた。

「うはぁ……もうこんな時間か……」

時計の針は、午後八時を過ぎていた。

もうじきスタッフの給料日なので、いろいろな事務作業をしなければならない。

『まぁ、面倒だったら、経理事務専門のスタッフを雇うしかないけど、正直、あんまり勧めないよ』

開業を決めた時の兄の弁である。

『開業医が結婚してた方がいいってのはそれ。身内に経理をある程度任せられるから。やっぱり、開業医がスタッフと揉める時って、お金の流れを知っているスタッフがいる時なんだよね。これくらい利益が出ているんだから、もっとお給料もらえるはずだとか』

確かに、祖父も父も経理関係のスタッフを雇っていなかった。祖父の場合は祖母がその役割を担い、父の時は、母が診療の傍ら、経理関係をやっていたのだ。それに倣って、城之内も経理スタッフを雇わず、自分でやることにしたのだが、これが意外なくらい手間なのである。

「腹へった……」

自分一人のためにエアコンをつけるのももったいない気がして、窓を開けたプライベートルームで、せっせと表計算ソフトで計算をしたり、その計算が合わなくて、電卓を叩いたりしているうちに、いい時間になってしまった。

「今日はここまでにしとこ……」

お腹が空きすぎて、頭が回らなくなってきた。隣はどうしているのかと耳を澄ましてみるが、物音はまったく聞こえない。

「帰ったよな……」

今日の午後、上腸間膜動脈解離と診断された患者は、姫宮自ら、聖生会中央病院のベッドを確保し、紹介状を持たせて、緊急入院させた。おかげで大事に至らなかったと、紹介相手である循環器内科から返事をもらって、一安心したところである。

「さぁて」

もう一度、大きく伸びをして、城之内は立ち上がった。

「メシ食って帰るか」

駅の近くにあるイタリアンレストラン『プリマヴェーラ』は、城之内のお気に入りだ。こぢんまりとした店だが、黄色とオレンジを基調にした明るいインテリアと女性シェフの作る絶品料理で、なかなか繁盛している人気の店である。

「えーと、何か食べたいもんあるか?」

城之内は向かいに座って、メニューを見ている姫宮に言った。

「そうですね。トマト料理がたくさんありますね」

「いらっしゃいませ。美味(おい)しいトマトが出てきたので、いろいろと取りそろえました」

華やかな美人のウエイトレスがにっこりと微笑む。

「アンティパストのおすすめはカポナータ、トマトのブルスケッタ、ポモドーロ・アル・

リゾ……トマトのライス詰めグラタンあたりでしょうか」

「じゃあ、それ。あと、魚のカルパッチョ、魚介のガスパシオを」

「はい。ワインは何にいたしましょう」

ちらりと見ると、姫宮が頷く。お任せと解釈して、城之内はウエイトレスを見上げた。

「さっぱりした白を見繕ってくれるかな。ボトルで」

「それでは」

ウエイトレスは少し首を傾げて考えてから、微笑んだ。

「少々お待ちくださいね」

一旦（いったん）、キッチンに下がり、そして、すぐにグラスを二つとワインのボトルをトレイにのせて戻ってきた。

「こちらをおすすめいたします」

ワインは、クラシカルなぶどうを描いたエチケットで、グリーンのボトルが美しい。

「ピエロパン・ソアーヴェ・クラッシコ。香りがとても素晴らしいので、ぜひお楽しみください。飲み口は軽くてフレッシュです。お魚にとてもよく合いますよ」

エレガントな仕草で抜栓し、グラスに注いでくれる。

「テイスティングは？」

「いいよ。うわぁ……本当にいい香りだ」

城之内が歓声を上げると、姫宮も供されたワインをそっと鼻に近づける。

「花の香りですね……」

「どうぞ、お楽しみください。すぐにお料理もお持ちしますね」

仕事を終えて、いつもの習慣で階段を下りていた城之内は、まだ二階の内科に明かりがついていることに気づいた。つけっぱなしなのかとフロアに踏み込んでみると、診察室に人の気配があった。覗いてみたら、姫宮が残っていて、時間も忘れてカルテの整理をしていたというわけだ。

「あの患者、入院したって？」

ワインの香りに鼻をひくつかせながら、城之内は一口飲む。ふわっと軽い味わいで、ワインだけでも楽しめそうだ。

「ええ。解離は軽度なので、保存的治療でいけそうとの話でした」

「そーりゃ、よかった」

「あなたのおかげです。私の伝では、あんなに迅速に読影の手配をすることができませんでした」

軽くグラスをあげて、姫宮は微笑む。

「私は……開業医に執着しすぎていたのかもしれません」

「開業医に執着？」

首を傾げる城之内に、姫宮は頷く。

「何とか、自分だけで解決して、病院や他院に頼ることをよしとしなかった。私は、そうした伝を作ろうとしなかった」

「でもCTは撮ってもらっただろ？」

「それは」

姫宮がくっとワインを飲む。

「ウチにはCTがありませんから。読影もできると言われたのですが、それは断ってしまいました」

「でも、二週間もかかるんじゃなぁ……」

美人のウエイトレスがすっと近づいてきて、ガーリックトーストにたっぷりトマトの角切りを混ぜ込んだケッカソースをのせたトマトのブルスケッタ、トマトソースの赤が食欲をそそるカポナータを置いていった。さっそく、二人はブルスケッタを取り、口に運ぶ。

「これ、ソースはもちろんだけど、パンが美味いな……」

「噛むと小麦の味がしますね。これは確かに美味しい。トマトも甘みが強い」

二人は顔を見合わせ、無意識のうちに笑い合う。美味しいものを前にすれば、誰でも笑顔になってしまう。食の奇跡だ。

「カポナータも、野菜の味がひとつひとつ際立っていていいな。これ揚げてあるんだな。

茄子(なす)とか香ばしくて美味い。これ、パスタにかけても美味いよな、きっと」

「パンがもっとほしいですね」

姫宮が言った。軽く手を上げて、ウエイトレスを呼び、追加のパンをオーダーする。すぐに、小さめに焼いたフランスパンとあたためた白パンの盛り合わせが届いた。姫宮は白パンを取ると、カポナータをたっぷりと盛って食べている。ほっそりとしているので、あまり食べないのかと思った姫宮だが、城之内に負けないくらいの健啖家(けんたんか)である。

「あんた……意外に食うな……」

「食べるのは好きですよ」

姫宮はあっさりと言う。

「ちなみに、作るのも好きです」

城之内は目を見開く。

「あんた、メシ作れるの？」

「自分で作らないと、誰も作ってくれませんから」

「いや、でも」

城之内は思わず言ってしまう。

「あんた、いい家の人なんだろ？　自分でやらなくても、誰かにやってもらえば……」

姫宮が黙ったまま、城之内を見た。

〝あ、やばい……〟

今日は、会ってから初めてというくらい、にこやかな表情ばかりだった姫宮の顔が、ぴたりと凍りついた。すうっといつものようにクールな表情に戻っていく。

姫宮は、こんな風にクールな顔つきをしている方が美人度が上がるのだが、笑顔の方が魅力的だと思う。微笑みを浮かべると、匂い立つ色香のようなものが、彼からふわっと漂ってくることに、城之内は初めて気づいた。

いや、それより今は、怖い顔になってしまった目の前の美人を何とかしなければ。

「ご、ごめん」

謝ってしまう。

「……いえ、こちらこそ過敏に反応してしまって」

一瞬間を置いて、姫宮が応じた。少しだけ、氷が溶ける。

「……そうですね。あなたのお兄様は城之内先輩なんですから、あなたが私のバックグラウンドを知っていても当然ですね」

「お待たせいたしました。ポモドーロ・アル・リゾ……トマトのライス詰めグラタンです」

小さめのトマトをくりぬき、中にトマトとバジリコを混ぜた米とじゃがいもを詰めて、オーブンで焼いたのが、ポモドーロ・アル・リゾだ。少し焦げ目のついたトマトが香ばしく香る。

「あたたかいうちにどうぞ」

ウエイトレスがにっこり微笑んで去っていき、二人は顔を見合わせてから、同時に皿に手を伸ばした。二つあるトマトを一つずつ分ける。

「……私は、中学入学で家を出てから、一度も実家に戻っていません」

トマトを器用に崩し、中に詰められたリゾットとじゃがいもをトマトと混ぜて食べながら、姫宮がぽつりと言った。

「別に、折り合いが悪かったわけではありません。両親も二人の兄も、末っ子の私をとても可愛がってくれました。しかし、逆にそれが……私には、とても苛立たしくて……」

「苛立たしい？」

「ええ」

魚のカルパッチョは、イサキだった。たっぷりとのった脂が甘い。

「あなたがご存じの通り、私は非常に裕福な家に育ちました。仰る通り、使用人がいるような家です。そこで何不自由なく、育ちました。とても贅沢に」

ワインを一口飲む。

「でも、英成学院に入って、寮生活をするうちに、何かが違うと思い始めたんです」

「何かが違う？」

英成学院は、父と兄が学んだ学校だ。別に、二人とも特別ではないと思うが。

「私は一人では何もできない子供でした。何もかもやってもらって当たり前だったので。周囲には、そんな子がたくさんいる反面、城之内先輩のように、何をやらせてもかっこいい人もいた。私は……自分の不甲斐なさに腹が立ってしかたがなかった」

「不甲斐ないって……だって、あんたが英成学院に入ったのは、中学に入る時だろ？　兄貴はあんたより二つ上なんだし……」

しかし、理に勝る姫宮にとって、自分が何もできない子供であることは許せなかったのだろう。

〝生きにくいだろうな……〟

「何もかも……自分でやりたいと思いました。そして、できることなら、人を助けたい……人のためになりたいと思いました」

城之内は、エスカレーター式の私学である東興学院の出身だ。そこもまた、裕福な家の子弟が多く、いわゆる温室育ちがいた。

純粋培養とでもいうのか、何不自由なくすくすくと素直に育ったものは、性格が二つに分かれるような気がする。贅沢が当たり前となり、傲岸不遜になるタイプと、世間知らずで、驚くほど真っ直ぐに、理想を夢見るタイプだ。

姫宮は明らかに後者だった。

「医師になることにためらいはありませんでした。本当は先進医療を学ぶために、大学に残るつもりだったのですが……」

城之内は軽く額を押さえる。自分が、その中にいたからよくわかるのだが、大学医局で生き残っていくためには、ある程度の妥協とずるさ、賢さが必要だ。姫宮のように、愚直なまでに真っ直ぐだと、あの中で生き抜いていくことは、まず無理だろう。

「……結局、大学医局のどろどろとした政争に失望して、私は臨床に出ました。いくつか病院を回って……そこで、自分の描いていた理想の診療が行えないことに愕然（がくぜん）としました」

「理想とする診療？」

魚介のサラダは、柔らかに火入れしたエビやイカ、ホタテをレモン汁や白ワインでさっぱりと食べるものだ。冷たすぎると堅くなるので、ふんわりとあたたかい。優しい口当たりに、ほっとする。

「難しいことではありません」

柔らかいイカを口に入れて、ゆっくりと嚙みしめ、ぴったり合うワインで飲み込んで、姫宮は言葉を続けた。

「どんな患者でも受け入れて、全力で診療する。ただそれだけなんです」

城之内はグラスを抱えて黙り込んでしまう。

自分は惰性で医者になった。学校の成績がよく、学年でトップテンにいないともらえない医学部への推薦がもらえた。祖父も両親も医師だ。医師以外の道をあまり考えてこなかった。姫宮ほどの信念があって医師になったわけではない。彼の強い輝きを持つ瞳がとんでもなくまぶしい。

「救命救急センターを持っている聖生会中央病院には、期待していました。しかし、現実は厳しいものでした」

姫宮は少し哀しそうに笑う。

「私はいつも苛立っていました。なぜみんな、患者のことを第一に考えないのだろうと。きっと、スタッフに対する私の態度は、とてもとげとげしいものだったと思います」

「だから、開業医になりたかったのか……」

一国一城の主になれば、自分のスタイルを作ることができる。自分のやりたい医療を行える。

「でも、今なら、私のやろうとしてきたことが、単なる自己満足で、真に患者のためを思っていたわけではないことがわかります。私は……何もかもを自分一人で抱え込もうとしていただけなんです」

姫宮がグラスを置いた。いつの間にか、ボトルは空いていた。二人は顔を見合わせる。

「まだメインも頼んでないのにな」

城之内は笑ってしまう。つられたように、姫宮も笑う。ふわっと柔らかに香るグリーンノート。

「二本目、いくか?」

姫宮が頷くのを見て、城之内も頷いた。

「すみません!」

手を上げて、ウエイトレスを呼ぶ。

「はい」

美人ウエイトレスがにこにこと歩み寄ってくる。

「何にいたしましょう」

「そうだな……」

少し考えて、城之内は言った。

「ワイン……スパークリングワインを」

ACT 9.

城之内医院が『城之内・姫宮クリニック』になって、初めての夏が来た。

「夏休み？」

いつものエレベーターホールで、城之内は姫宮がいれてくれたコーヒーを飲んでいた。

「いや、別に何も考えてないけど」

「えーっ、つまんないなぁ」

すでに帰り支度をして、リュックを背負った高井と美濃部が顔を見合わせている。

「せっかくのお休みですよっ！　どっか遊びに行ったらいいじゃないですかぁ」

「俺たち、久しぶりに海に行くんですよ」

「ナンパか？」

「あのねぇ……」

高井が呆れかえった顔をしている。

「若先生、感性古すぎ。今どき、海でナンパするやつなんかいませんって」

「そんなの、警戒されるだけですよ」

美濃部も苦笑している。高校生くらいにしか見えない可愛いルックスの美濃部に苦笑されると、正直来るものがある。

「そ、そうか?」

「そうですよ」

すっと自分のプライベートルームから出てきた姫宮が言う。彼もカップを手にしている。城之内の分を先にいれてから、自分の分のコーヒーをいれてきたのだ。

「男女で海に行くなら、最初からカップルで行きますね。今どきの女の子は、警戒心が強いですから、ナンパなんかには簡単に応じませんよ」

「何だよ……みんなで、俺を年寄り扱いしやがって」

「いじけないでくださいよ」

高井が笑いながら言った。

「先生、彼女いないんですか? 彼女と海行ったらどうです?」

「いないよ、そんなもん」

城之内はぼそっと答えた。

「俺、彼女とかいらないよ……」

「おや、あなたなら、よりどりみどりだったでしょう? 東興学院は、私の出た英成学院と違って、共学ですし」

「え、共学って……姫宮先生、男子校ですか？」

　美濃部が大きな目を見張る。

「ええ。中高一貫の全寮制です」

「僕も男子校ですよ」

　美濃部がはぁいと手を上げた。

「全寮制なんていう強烈なのじゃないですけど、中高一貫は同じです。あー、確かに男子校だと、彼女作るのめんどくさくなりますよねぇ」

「あ、おまえ、それで俺を盾にしてんのかよ」

　高井が少し不満そうに言う。

「聞いてくださいよ。こいつ、飲みに行く時も、どっか遊びに行く時も、必ず俺を盾にするんですよ。ちっちゃいから、すぐ俺の陰に隠れるんです」

「義秋（よしあき）がでかすぎるんだよ。別に僕、ちっちゃくないよ」

　高井と美濃部は、身長差が二十センチ以上ある。確かに、二人が並んでいたら、高井の陰に美濃部は隠れてしまいそうだ。

「あ、義秋、早く行かないと、バス乗り遅れる」

「本当だ」

二人は、夜行バスで出かけるらしい。

「寝不足で、海に入るなよ」

「はぁい！」

「行ってきまーすっ」

元気に手を振って、でこぼこコンビが去っていく。明日から五日間の夏休みであるクリニックは、すでにみな帰宅していて、残っているのは、医師二人だけだ。

少し冷めたコーヒーを飲みながら、城之内が言った。

「それで、あんたは休みどうするんだよ」

「いえ、特に予定はありません」

赤いソファにゆったりと座って、姫宮は答える。

「マンションでごろごろしていることになりそうですね」

さらりと答えた姫宮の横顔をしばらく眺めていた城之内は、いいことを思いついたという顔をした。

「あんた、英成学院だよな」

「ええ、さっきもそう言いました」

「じゃあ」

城之内はいたずらっ子のような表情で言った。

「そのお山の中にあるエリート校に連れていってくれよ。見てみたい」

姫宮がびっくりしたような顔をして、目を見開いている。

「え、でも、あなたのお兄様である城之内先輩も英成学院の出身でしょう？」

城之内は、ふんと肩をすくめた。

「行ったことなんかねぇよ。学校が公開されるのは、学園祭の時だけだったし、あそこ、車でないと行けないとこだろ？　仕事命の親が連れていってくれるはずないじゃないか」

姫宮は少し戸惑ったような顔をしている。

「本当に……学校以外、何もないところですよ？」

「いいよ。その学校が見たい」

城之内は張り切って立ち上がる。

「んじゃ、いつ行く？　明日？」


英成学院の正式名称は、学校法人英成学院中・高等学校である。

「へぇ……」

石造りの大きな門とアール・ヌーヴォー調にツタをデザインした門扉が印象的だ。

「意外にこぢんまりした学校だな……」

れない。

レンガ造りのクラシックな校舎が見える。門からは少し離れているので、詳細は見て取

「ここ、開かないかな」

「学校は夏休みですから」

城之内と姫宮は、その門扉の前に立っていた。がっちりと鍵の掛かった門扉を軽く揺さぶる城之内を、姫宮がそっと止める。

「ここから歩いて五分くらいのところにある寮なら、学生が残っているので開いていると思いますが、寮はたとえ家族でも、寮生以外は立ち入りできないので」

「厳しいんだなぁ……」

姫宮が少し笑った。

「言いましたでしょう？　ここは、とても特殊な学校なんです。いわゆる富裕層の子弟や政財界の大物の子弟や孫がほとんどなので、セキュリティが厳しいんです」

城之内が卒業した東興学院も富裕層の子弟が多かったが、ここまでセキュリティは厳しくなかった。というよりも、私学独特ののんびりとした雰囲気があって、かえってゆるゆるだった。

「しかし、すごいところにあるな……。本当に、掛け値なしの山の中だ……」

「徒歩圏内には、コンビニ一つありませんからね」

最寄りのバス停までも、徒歩で三十分だ。それでも、バス停の名前は『英成学院前』なのだから、笑える。

「何とか、中、見たいなぁ……」

姫宮と兄が六年間を過ごした場所を見てみたい。全寮制の学校など、城之内には想像がつかなくて、何となくロマンすら感じてしまう。

「あれ……？」

「どうした？」

門に背を向けて、周囲を見回していた城之内は、声を上げた姫宮を振り返った。

「……姫宮？　姫宮じゃないか」

いつの間にか、学校から出てきた人物がいた。

「姫宮だろ？　相変わらず美人だな。姫さま健在だ」

「……そのあだ名は嫌いだ」

姫宮は少し不機嫌に言った。しかし、その唇は微笑(ほほえ)んでいる。

「久しぶりだね、一条(いちじょう)。こちらは、今、僕がお世話になっているクリニックの院長先生だ。城之内先輩の弟さんだよ」

「へぇっ！」

ひょろっとした長身の男が、ぱちぱちと目を瞬(まばた)いた。

「そういえば、面影あるな。城之内先輩は、キング神城先輩やクイーン篠川先輩に次ぐ、我が学院のスターだったからね」

「院長先生、順番が逆になって申し訳ありません。彼は、僕の同級生だった一条です。今は、この英成学院で教師をやっています。そうだな？」

「我が校の教師は、全員が英成学院の卒業生なんです。在学している時は文句言いつつも、結局古巣に帰ってきちゃうんですよねぇ」

一条は如才なく笑った。

「それで？　今日はどうしたんだ？　母校が懐かしくなったか？」

「いや、院長先生が英成学院を見てみたいっておっしゃるから。中には入れないって言ったんだけど」

「中？　入りたい？」

一条が言った。

「今日、俺、当番だから、鍵持ってるよ？」

「え？　でも……」

「中、見せてもらえますか？　俺、全寮制の学校って興味あって」

ためらう姫宮を抑えて、城之内は言った。

「騒いだりしませんから」

「騒いだり……はいいですね」

一条がにこりとした。内側から鍵を開けて、門扉を大きく開いてくれる。

「どうぞ。暴れても大丈夫ですよ。毎日、六百人からの男の子が暴れてる場所ですから」

英成学院は、山の中腹にあるため、まわりは緑に囲まれている。頭の上は真夏の太陽だが、ふわりと吹く風は、涼しく頬を撫でていく。

「クーラーとかないですから、少し暑いかもしれませんよ」

門から校舎までは、グレイの石畳だ。道の両側には、白樺とポプラが植えられていて、さやさやと葉を風に揺らしている。

「さぁ、どうぞ」

一条が大きな木の扉を両手で引き開けると、微かに懐かしい学校の匂いがした。

「我が学び舎へようこそ」

『中等部と高等部の校舎は分かれています。中等部は、僕の管轄じゃないので開けられないのですが、高等部は好きに見ていただいて結構です。姫宮くんが案内してくれます』

そう言って、一条は電話番なのでと職員室に戻っていった。

「もう卒業してから、十年以上経っていますが、まったく変わっていませんね」

校舎の中も、外見のままにクラシカルだった。壁は漆喰で、丁寧に補修はされているが、あちこちに小さなひびが入っている。腰板は磨き込まれた無垢材で、飴色になっている。廊下も板張りで、生徒たちが走り回るせいか、歩くとぎしぎしいうところがあるのが、何だか懐かしい。

「クーラーないっていうけど、全然暑くないな」

教室の窓を開けると、さらさらと涼しい風が吹き込んでくる。

「まぁ、それだけが取り柄のような学校ですから」

窓から顔を出して、目を閉じ、ひんやりとした風を楽しむ城之内に、姫宮が言った。

「小さな学校でしょう?」

「あ、ああ……」

城之内が二十年間を過ごした東興学院は、中途入学を認めているため、私学の中でも在校生が多いマンモス校の一つだ。幼稚園から医学部まで、東興学院で共に過ごしているのに、在学している時には顔も名前も知らず、卒業して、同じ医局に所属してから、初めて見知ったという相手がいるくらいだ。

対する英成学院は全校でたった六百人、一学年百人だ。それで、多数の医師、弁護士、政治家などを輩出しているという。とんでもないエリート校である。

〝親父も兄貴も、とんでもない学校に行ってたんだな……〟

　しかし、そんなエリート校なのに、この山の中の小さな校舎に漂う雰囲気は、どこかのどかで穏やかだ。

「クラシカルで、素敵なところだな」

「校舎は、少しずつ手は入れているようですが、基本的に創立時のものがほぼそのまま残っているそうです。寮の方は、老朽化が激しいのと、セキュリティの問題があって、新しくなっています。でも、僕はこの校舎の方が好きですね。住み心地としては、寮の方がいいんですけど」

「ああ、兄貴もそんなこと言ってたな」

「城之内先輩は……」

　姫宮が、城之内の隣に並んだ。

「僕たちの憧(あこが)れでした。颯爽(さっそう)としていて、かっこよくて、優しくて」

「俺には、ひたすら厳しい兄貴だったぞ」

　どんだけ、猫被(かぶ)ってたんだ。姫宮がくすりと笑う。

「厳しいところも確かにありましたが、他(ほか)の先輩たちのように、理不尽な威張り方は絶対にしない方でした。他人に厳しい時は、ご自分にも厳しい。誰からも慕われる方で、僕たちは、先輩を『プリンス』と呼んでました」

「お、王子ってガラかよ……」

何せ、生まれた時からのつき合いである実の兄だ。パンツ一丁でうろうろしているようなところも見ている。どん引きしている城之内に、姫宮は違いますと笑った。

「ウチには、キングとクイーンと呼ばれた伝説の先輩方がいますから。城之内先輩は、貴族の中でも最も位の高い『公爵』の意味で、『プリンス』と呼ばれていました」

「はぁ……」

〝家がお城で、母親が女王様で、兄貴は貴族かよ……〟

そして、今は『姫』までいるというわけか。

「先輩は、王族というよりは、誇り高い貴族的な雰囲気を持っていらしたんです。ですから、その先輩が薬学部を出て、厚生労働省入りしたと聞いた時は、正直驚きました。そのルートで思い浮かぶのは、やはりマトリでしたから」

姫宮の栗色(くりいろ)の瞳(ひとみ)は、遠くを見ている。どこまでも晴れわたった遠い空……彼と兄が過ごした遠い夏を思い出すように。

「……本当に素敵な先輩だったんです」

その声がわずかに潤んでいると思ったのは、たぶん思い違いじゃない。

「温泉が出たのは、五年前なんだってさ」

せっかく遠出したのだからと、城之内はホテルを取っていた。英成学院のある山を下りたところに、可愛らしいプチホテルがあったからだ。

「ああ、そうなんですか」

ホテルにシングルはないとのことだったので、ツインの部屋を取った。広い部屋は川に面していて、とうとうと水の流れる音が聞こえる。

「道理で。僕が在学している頃には、こんな素敵なホテルはありませんでしたから」

プチホテルというだけあって、部屋数は片手くらいしかないようだが、部屋はかなり広く、調度品もシックだ。豪華というよりも、すっきりと整って、品がある。部屋の造りは洋室で、毛足の長いふかふかのカーペットに、二台のベッドがゆったりと置かれていた。

「食事、結構よかったよな」

「ええ。ここは名物とか、あまりない場所ですから。正直、期待はしていませんでしたけど、野菜が新鮮で美味(おい)しかったですね」

部屋には、頼んでおいたワインとおつまみのチーズが届けられていた。川に向いた窓の前に、シンプルなソファセットが置いてある。そこに二人で向かい合って座り、城之内がワインを抜栓した。

「へぇ……これ、地元のワインだ」

「地元の？」

「うん。ほら」

グラスにワインを注いでから、城之内はエチケットを姫宮に見せた。ピンク色のエチケットには、地元のワイナリーの名前が入っている。可愛らしくデフォルメされたシャトーとぶどうのイラストが入っていた。

「マスカットのワインみたいですね」

エチケットを眺めて、姫宮が言う。

「どれ」

城之内が一口ワインを飲む。淡いグリーンの白ワインは、マスカットの爽やかな香りとフルーティな味わいだ。

「美味しいな、これ。おみやげに買っていこう」

「確か、ロビーで売ってましたよ」

部屋には、もちろんエアコンがついていたが、スイッチは入れていなかった。窓を開ければ、川からの風がさやさやと吹き込んできて、十分に涼しい。

「……いいところだな」

英成学院のある山の麓のこの町は、城之内や姫宮が住んでいる街よりも、ずっとひなびていてのどかだ。

「親父が、あの学校に行けって言ったの、わかる気がする」

「城之内先輩は、お父さまからの推薦状で、入学されたんですね」

城之内は頷いた。

「俺も行けって言われたんだけど、全寮制ってのに怖じ気づいちゃってさ」

「まぁ、中学入学時から全寮制っていうのは、厳しいかもしれませんね」

姫宮は穏やかな口調で言った。

「僕は自分を鍛えるために、あの学校に入ったようなものですから」

「姫宮」

城之内は静かに川を眺めている姫宮に言った。

「あんた、ここに来た時から、自分のこと『僕』って言ってるよな」

「え？」

姫宮が少し驚いたように、城之内を見て、そして。

「そう……でしたか。気がつきませんでした」

「何か、その方がいいぞ」

ぼそっと言ってしまってから、城之内ははっとして口を閉じる。

「……いや、別に……どっちでもいいけど」

城之内が怖じ気をふるわなければ、姫宮とはもっと早く出会っていたのだ。城之内が兄を追って、英成学院に入学していれば、二人は同級生として机を並べていたかもしれない。あのレンガの校舎で、緑の風に吹かれながら。

少年時代の姫宮に会いたかったと思う。硬質のダイヤモンドのような彼は、一体どんな少年だったのだろう。同級生だった一条は「相変わらず美人だ」と笑っていたから、きっと美少年だっただろう。そういえば、兄も言っていた。「ものすごく可愛かった」と。

「なぁ、もしも俺が……」

言いながら、姫宮の方を見て、そして、城之内の動きがぴたりと止まった。

「姫宮……？」

ゆったりとしたソファにもたれて、姫宮は微かな寝息を立てていた。川からの風に、さらさらとした素直な髪をなぶらせて、静かに目を閉じ、すうすうと眠っている。

「そっか……疲れたよな……」

今日は一日、姫宮が運転していた。替わろうと言ったのだが、道がわかりにくいからと言って、一日ハンドルを握ってくれた。

城之内はそっと立ち上がると、涼しい風の吹き込む窓を半分閉めた。ワイングラスをテーブルの端に寄せ、少し苦しそうな姿勢で眠り込んでいる姫宮の肩に軽く手をかけて、楽にしてやろうとして、はっとした。

「………」

窓から射し込む薄青の月明かり。彼の白い肌に映って、ふわふわと揺れるのは、一日に

たった三十分だけ命を得るという蛍の灯火か。その微かな光を捕まえようとするかのように、城之内は彼の頬をそうっと手のひらで包んだ。滑らかであたたかな手触り。もしかしたら冷たいのではないかと思っていた彼の素肌は、やはりあたたかくて、うっとりするほど柔らかい。

「蓮(れん)……」

兄が呼んでいた彼の名前をささやく。

「そんなとこで寝ると……風邪ひくぞ……」

言葉と裏腹に、彼を起こしてしまわないように、そっとそっとささやく。

「蓮……」

彼の睫毛(まつげ)が、城之内の吐息で震える。指先に馴染(なじ)む柔らかい髪を、白い額からかき上げる。

夜の見せる魔法。悩ましい夏の夜の空気がかける、これはきっと魔法だ。

「……おやすみ」

彼の滑らかな額にそっと唇を触れて、ささやく。

これは……きっと夏が見せる魔法なのだ。

ACT 10.

まだカレンダーは八月なのに、夏休みが終わると、急に秋を感じてしまうのが不思議だ。

「あの蜩のカナカナカナっていうの聞くと、一気に秋っていう気がするんですよねぇ」

骨折のギプス巻きをした後片付けをしながら言ったのは、ナースの南である。そう言いつつも、彼女はこんがりと日焼けしている。日焼けする気はなかったのに、妹と遊びに行ったリゾートホテルのプールでさんざん遊び、疲れ切って西日の入るベッドで爆睡してしまったのだという。

「ああ……」

城之内はぼんやりと答えた。カルテを打つ手を止めて、ぼーっとしている。

「あら……」

南が小さな声を上げた。

「先生」

「…………」

「先生」

「若先生っ！」

「…………」

「うわぁっ！」

後ろから強めに肩を叩かれて、城之内は悲鳴を上げた。

「何しやがるっ！」

「申し訳ありません」

南の声ではない、涼やかな声がした。

「え……え？」

弾かれたように振り返ると、いつものように淡々と冷静な姫宮の顔がある。

「な、何……？」

「何じゃないですよぅ」

南が呆れたような声を出している。

「さっきから、姫先生いらしてるのに」

「南さん」

姫宮のクールな抑揚のない口調。

「僕は姫宮です。言葉を節約しないでください」

「はぁい」

ぺろっと舌を出して、悪びれもせずに、南は診察室を出ていった。後に残るのは、電子カルテに向かって固まっている城之内と、水のように澄んだ気配の姫宮だけだ。

あの夏の夜の夢のような一夜。それから、二人の間に何かがあったかというと、何もない。当然である。眠っていた姫宮は、城之内の胸の内など知らないのだから。

いや、城之内自身も、自分の胸の内がどうなったのかわかっていない。あの夜、なぜ、自分があんな行動に出たのかわからない。わからないことはどうしようもない。だから、なかったことにしたいのだが、あの夜以来、姫宮の姿を目にすると、心拍数が上がるようになってしまった。彼の静かな横顔を見たり、よく通るクリアな声を聞くと、心臓がぴょこんと跳ね上がるようになってしまったのだ。

「お願いが一つあるのですが」

姫宮が言った。

「聖生会（せいせいかい）中央病院と、ＣＴ撮影時に読影をつけてもらう契約を結びたいのですが、よろしいでしょうか」

「よ、よろしいって……？」

ぎこちなく振り返る。

「な、何で、俺に聞くの？」

「聞くに決まってるじゃないですか」

姫宮が淡々と言う。

「あなたは、このクリニックの経営者です。契約の変更にはコストがかかりますので」

「あ、そうか……」

城之内は気を取り直して、こほんと咳払いした。

「わ、悪い。えーと……もちろん、構わない。でも、二週間かかるとか言ってただろ？それだったら、俺が頼んでる放射線科医の方がよくない？　普通なら一週間、特急なら、この前みたいに十五分くらいで結果戻ってくるよ？」

城之内の提案に、姫宮は少し考える仕草を見せた。今日も彼は、淡いグリーンのタイを結び、きちんと白衣を着ている。真夏でも、彼はタイと白衣のスタイルを崩さない。それでも、涼しげな容姿なので、少しも暑苦しく見えないのが、存在そのものが暑苦しいとまで言われてしまう城之内には、うらやましい。

「……そうですね。コスト的にどうなんでしょう」

「俺んとこのMRと込みで、いくらで見てくれるか聞いてみようか？　週に何件くらい出る？」

「そうですね……今のところ、週に二、三件ですね。聖生会中央病院に撮影をお願いしているので、なかなか無理を言えなくて」

「了解。一応、週二件くらいってことで聞いてみる」

「ありがとうございます。よろしくお願いします」

すっと軽く会釈して、姫宮が出ていく。いつものように、ふんわりと柔らかなグリーンノートの香りが、微(かす)かに残る。

〝これ……何の香りだろう……〟

いつも、彼を包んでいる爽(さわ)やかで涼しい香り。そう言えば、あの夜も。

〝この香りが……していた〟

眠る彼に、引き寄せられるように口づけてしまったあの夜。さらさらと流れる水の音。

青白い月明かり。そして。

「……うわぁ……っ」

「なーに、やってんですか」

一人でじたばたしていると、両手に診察ベッドに掛けるカバーを持って入ってきた南が、完全に変な人を見る目で、城之内を見ていた。

「……高井(たかい)くんに言って、頭のＭＲ撮ってもらいます？」

「結構、コストかかるなぁ……」

城之内は、メールをプリントアウトしたものを持って、二階に上がった。読影を頼んでいる放射線科医から、CT読影のコストを知らせてきたのだ。

「でも、さすがに二週間待ちはないよな……」

すでに診療時間は終わっているので、患者の姿はない。スタッフたちも引き上げているらしく、二階の廊下はしんとしている。

「姫宮のやつ、上かな」

三階に、城之内と姫宮はそれぞれ部屋を持っているのだが、姫宮は昼休憩以外は、あまり使っていないようだ。ほとんど診察室にいて、患者が途切れた時には、内視鏡のデータ整理などをしているらしい。

「あ、やっぱりいた」

すでに薄暗くなっている廊下に、診察室からこぼれる明かりがすっと一条、線を引いている。

「姫宮……」

声をかけながら、ドアに手をかけようとした時だった。

「……ええ、城之内先輩……」

姫宮のよく通る声は、かなり低めていても、通りがいいだけに結構クリアに聞こえる。

城之内の名にぎくりとしたが、『先輩』とついたことで、姫宮が兄に呼びかけていることがわかった。しかし、返事は聞こえないから、兄がここにいるわけではないようだ。

〝電話か……〟

「……わかりました。はい……『le vent（ル・ヴァン）』ですね」

〝『le vent』って、確かフレンチレストランだよな……〟

フレンチレストラン『le vent』は、人気の店だ。予約がなかなか取れないという有名店である。

「はい……じゃあ、午後八時に。楽しみにしています」

会話が終わったようだ。

〝まずい……っ〟

診察室の明かりが消えた。今、ここで顔を合わせてしまったら、立ち聞きしていたことがバレてしまう。慌てて階段を駆け下りてから、城之内は気づく。

〝別にバレたっていいじゃん……〟

何もやましいことはしていないのだ。

とぼとぼと整形外科の診察室に戻りながら、城之内は深い深いため息をつく。

自分がどんどん不審人物になっていっている自覚はある。

出口は一体どこにあるのだろう。結末は……一体どうなるのだろう。

診察室に戻り、座り心地のあまりよろしくない椅子に身体を預ける。ブラインドを下ろし忘れた窓を何気なく見ていると、白衣を脱いだ姫宮が通用口から出てくるのが見えた。

「そういや……」

姫宮は、兄に憧れていると言っていたことがある。

「……でもさ、高校の頃の先輩なんて……俺、全然覚えてねーぞ」

確かに、スターと呼ばれるような先輩はいた。部活で活躍していたり、生徒会長だったりした先輩たちだ。しかし、名前なんてもう覚えていないし、顔だって曖昧だ。街で会ったって、絶対にわからない自信がある。

「それに……」

兄もまた、姫宮を覚えていた。覚えていたどころか、家族にも見せたことのない、どん引きもののとろけるような笑顔で、彼を『蓮』と名前で呼んだ。

「……まさか……」

ハンサムで颯爽としていて、稼ぎも大変によろしい兄に、まったく結婚の気配がないことを、自分のことは棚に上げて、城之内は不思議に思っていた。しかし。

「全寮制男子校ってだけで……詰んでるじゃん……」

自分の怪しげな感情は、棚に上げた上に鍵までかけて、城之内は悶々と悩む。

「マジかよ……」

『le vent』と言えば、デートのメッカではないか。フレンチの寵児、賀来玲二が手がけるレストランは、ミシュランの星持ちの高級店ばかりだったが、昨年開店した『le vent』は、カジュアル寄りで、味は間違いないのにリーズナブルということで、『デートに最適！』と、よく雑誌にも載っていることに、今さらながら気づいてしまった。

「デート……」

つぶやいてみて、あーっ！　と頭を抱えてしまう。

明らかにおかしな人になりながら、城之内は一人悩み続けたのだった。

フレンチレストラン『le vent』は、ガラス張りのとても明るい店だった。店内が外からほぼ丸見えという恐ろしい仕様であったが、確かに、これなら入りやすい。店内はアイボリーホワイトとスモーキーピンクで統一されていて、とても可愛らしいが落ち着いた雰囲気だ。たっぷりと飾られている花が美しい。

車を残り一台だった駐車場に滑り込ませて、城之内はエンジンを切った。

「来ちまったよ……」

ハンドルを両手で抱えて、城之内は光に溢れたレストランを眺める。

車内の時計は午後九時半だ。本当はもっと早く来られたのだが、何となく迷っているうちに、この時間になってしまった。そして、ここまで来ても、まだうだうだとしている。

　自分を持て余しているという表現が一番正しいと思う。城之内は自分の中にある感情をどう扱っていいのかわからないし、その正体もわかっていない。ただ、じっとしていられない。その一念でここまで来てしまったのだ。

「とりあえず、これからどうすりゃいいんだ……？」

　エンジンを切って、静かになった車内から、視線を巡らせる。時間的に言って、もしかしたら、もう二人は帰ってしまったかもしれない。まずはそれを確認しなければ……と思った時、エントランスの扉が開いた。店自体はガラス張りなのだが、扉は、自動ドアながら重厚な木製である。その扉がすうっと左右に開き、現れたのは、シュッとしたスーツ姿の男前とエレガントな美青年の組み合わせだった。

「え、マジ……」

　タイミングというのは、恐ろしいものだ。肩を並べて店を出てきた、とんでもなく目立つ二人は、間違いなく、兄の健史と姫宮だった。横を向いて、いつになく穏やかな表情の兄が、姫宮に何か話しかけている。しかし、姫宮はうつむいたままだ。時折、目のあたりを気にして、そっと白い指で押さえるような仕草を見せている。

「え、えと、どうしよう……」

　二人は、この駐車場に向かって歩いている。ＭＲという職業柄、兄の移動は基本車だ。

今日も車らしく、ここに向かって二人は歩いている。城之内がじたばたしているうちに、二人はほとんど目の前まで来てしまった。その顔を見て、城之内はぴたりと凍りついてしまった。

「え……」

姫宮の表情が見て取れるところまで来ている。

〝泣いてる……？〟

姫宮の栗色の瞳が潤んでいる。薄赤く潤んで、白い頬にすうっと涙が伝わった瞬間、彼は足元をふらつかせた。

〝……っ！〟

その姫宮を兄のしっかりとした男らしい腕が抱き留めていた。いや、抱き留めるというより、ほとんど抱きしめるような形だ。

「な、何やってんだよ……っ」

衝動は一瞬だった。反射的に、車から飛び出す。

「何やってんだよ……っ！」

「え？　聡史……？」

兄がきょとんとした顔で、突然現れた弟を見つめている。その腕の中には、瞳を潤ませた美人が抱かれたままだ。

「おまえこそ、何やってんだ?」

「何って……っ」

スーツ姿の美丈夫とほっそりとした美青年。似合いすぎる一対に、城之内の苛立ちはピークに達する。

「そっちこそ！　何、こんなところで抱き合ってんだよっ」

へ?　と妙な声を出した次の瞬間、兄は暴発した。

ものすごい勢いで笑い出したのだ。レストランの入り口あたりにいた客たちまで振り返るほどの爆笑だ。息も絶え絶えに笑う兄に、城之内は呆然としている。

城之内健史という男は、常に毛筋ほどの乱れも見せない人間だ。確かに、家族である城之内の前では、パンツ一丁にもなるが、スーツを着込んで、一歩外に出れば、完璧なジェントルマンになる。その彼が、身体を二つに折るようにして笑っているのだ。

「……城之内先輩」

彼の腕の中にいる姫宮が、ひどく不機嫌に言った。

「笑うのは結構ですし、当然ですが、この状況を考えてください」

「あ、悪い」

涙を指先で拭いながら、健史はほとんど抱きしめてしまっていた姫宮を、ぽんと城之内の方に押しやった。

「う、うわ……」

　今度は、城之内が姫宮を抱き留めることになる。うっとりするようないい香りのするしなやかな身体を抱き留めて、心臓が止まりそうになった。

「目医者にでも連れてってやれば？」

　わけのわからない一言を残すと、さっと手を振って、健史は自分の車に乗り込み、颯爽と去っていってしまった。

「な、何……？」

　呆然と車のテールライトを見送っていると、ふいに耳元で風を切るような音がした。

「いってぇっ！」

　いきなり横っ面を思い切りひっぱたかれて、城之内は悲鳴を上げる。もちろん、暴力をふるったのは、腕の中の美人である。

「僕はドライアイなんだっ！」

　初めて聞く姫宮の怒声。

「レストランの中のエアコンが効きすぎていて、コンタクトが痛くなったんだ！」

「え……あんた、目が悪かったのかよ……」

「とにかく、コンタクトを外したいから、とっとと僕の自宅に送れっ」

　姫宮は怒りまくっていた。見たこともないほど激怒していた。いつも白い頬がうっすらと赤らみ、涼しい目が吊り上がっている。

〝こえぇ……〟

「わ、わかったから、そんなに怒るなって……」

「怒ってなんかいないっ」

「思いっきり怒ってるじゃねぇか……」

城之内は車のドアを開けた。姫宮の背中に軽く手を添えて、助手席に乗せる。

「送るから、おとなしくしていてくれ」

そして、運転席に回ると、エンジンをかけ、姫宮が顎をしゃくる方向に車を出した。


姫宮が無言のまま、指さしで教えた自宅マンションは、クリニックのすぐ近くだった。

「こんなとこに住んでたのかよ……」

マンションには、広い駐車場がついていた。城之内が車を止めると、姫宮はするりと降りてしまう。

「あ、姫宮……っ」

思わず声をかけると、ぴたりと彼が足を止めた。すっきりと伸びた背中が凛々しい。てか、怖い。後ろ姿でも、彼が怒っているのがわかる。とにかく怖いオーラがびんびんに伝わってくる。

「コーヒーくらいなら出してやる」

いつも丁寧語の彼から、つっけんどんなセリフ。

「あ、ああ……」

エンジンを切って、慌てて車から飛び降りると、城之内は姫宮の後を追いかけた。

姫宮の部屋は、意外なくらい素っ気なくシンプルだった。間取りとしては、１ＤＫだ。もちろん、そのたった一つの部屋は広く、たっぷり三十畳くらいはありそうで、寝心地の良さそうなベッドと大きめのライティングデスク、白いレザー張りのソファが置いてある。テレビがないのには少し驚いたが、今どきだ、パソコンがあれば、テレビなどいらないのかもしれない。

「コーヒーでいいですか」

城之内をソファに招いて、姫宮は言った。部屋に戻って、すぐにコンタクトを外し、華奢(きゃしゃ)なフレームの眼鏡をかけた姫宮は、いつもと少し違う顔になって、何だか学生のようだ。目が楽になったら、怒りもおさまったのか、言葉遣いが元に戻っている。

「あ、ああ……」

「少し待っててください」

たった一つの部屋とダイニングキッチンの間は、可動式の壁で分けるタイプらしく、その壁を取っ払ってあるので、マンションは広いワンルームの様相を呈している。ソファはゆったりとした三人掛けが一つだけで、そのソファはダイニングキッチンに向いているので、城之内はコーヒーをいれている姫宮の後ろ姿を見ていた。

姫宮は素早くお湯を沸かすと、丁寧にハンドドリップでコーヒーをいれている。クリニックではコーヒーメーカーで、それもいい香りがするが、やはりハンドドリップの方が香りが立つ。香ばしく、甘みのある香りだ。

「いい匂いだな」

城之内が言うと、姫宮は肩をすくめた。

「言っときますけど、僕はもう食事をすませていますので、コーヒーだけですよ」

「いや、それでいいけど。あんた、ほんとに自炊してんの?」

城之内はキッチンをぐるっと見る。シンクの上の棚には、ひと通り鍋が揃っているし、冷蔵庫もかなり大きいものだ。

「毎日はしていませんが」

姫宮が控えめに言う。

「一応、食べられるレベルのものは作れますよ」

彼はカップを手にして、くるりと振り返り、城之内が座っているソファに近づいてきた。あたたかいカップを手渡し、少し距離を置いて、城之内の隣に座る。ソファが一つしかないので、こういう座り方をするしかないのだ。

「なぁ……何か、ここ……」

モノトーンの部屋。まさに『寝に帰る』だけの巣。必要最低限のものしかない場所。

「寂しく……ないか？」

城之内の言葉に、姫宮はうっすらと笑った。

「贅沢はしないようにしています」

「え？」

姫宮は裕福な家に育ったと聞いている。そして、本人も医師なのだから、経済的に困窮したことなどないだろう。

「どういうことだ？」

「僕は」

カップを両手で持ち、ゆっくりとコーヒーをすすりながら、姫宮が言った。

「何不自由なく育ちました。ありがたいことに、教育も十分に受けさせてもらいましたので、すんなりと医者になれました。僕は挫折というものを知らないんです」

「いや、そんなの、俺だって知らないけど……」

　自分は要領のいい人間だという自覚が、城之内にはある。何でもそつなくこなせる。無様な失敗をしたことは一度もない。そして、それはマイナスではないと思ってきた。しかし、姫宮は違うらしい。

「挫折を知らない僕は、患者に寄り添えないような気がして……時々怖くなるんです。患者のことだけを考えていると言いながら、彼らの孤独や苦しみ、悩みがわかってあげられないのではないかと思う瞬間があって、贅沢や……安らぎを得ることが怖くなってしまうんです」

〝な、何なんだ……この……天使みたいなピュアさは……〟

　姫宮が纏っているどこか浮き世離れのした雰囲気の正体がわかった気がした。

　彼は徹底して、患者の側に立とうとする。一途に、患者に尽くそうとする。自分から、患者に歩み寄ろうとする。その誠実さに、城之内は頭をぶん殴られたような衝撃を受ける。

「……何やってるんですか？」

　怪訝そうな姫宮の声に、城之内ははっと我に返った。

「い、いや……」

　気がつくと、手を伸ばして、そっと姫宮の頭を撫でていた。さらさらとした艶やかな髪が指に絡んでくる。

「ごめん。何か……可愛いなって……」

「……別に可愛くなんかないと思いますが」

姫宮が自分の頭に手をやって、城之内の手をどかす。

「それより、お伺いしたいことがあるんですけど」

「何？」

「どうして、あそこにいらしたんですか？」

姫宮はひんやりとした視線で、城之内を見ている。眼鏡越しの冷たい視線は、まさにブリザード並みだ。結構怖い。

「いや、それはたまたま……」

言いよどむと、知性と正論でぶん殴る彼の本性が出た。

「たまたまじゃないでしょう？『le vent』は、クリニックからも先生のご実家からも離れています。たまたま通るような場所じゃありません」

ずんずんと詰めてくる姫宮に、城之内も反論を試みる。

「いや、何で俺の実家なんか知ってるんだよ！」

「城之内先輩から伺いました」

「だーかーらっ」

思い出した。彼の剣幕に押されて、今の今まで忘れていたが、もともとは姫宮と兄のあやしい振る舞いから始まった今夜のアクシデントなのである。

「……何で、兄貴とこそこそ会ったりしていたんだよ」

「別にこそこそなんかしていません。というか、なぜ、僕と城之内先輩があそこで会うことをご存じだったんですか？」

「……あんたが電話してるの聞いた」

『最低』という言葉を目つきにしたらこうなる。恐ろしく冷たい目で、姫宮が城之内を見ている。

「べ、別に盗み聞きじゃないぞ！　内科の廊下を通ったら、聞こえたんだよ！　誰もいなくて静かだったし……」

何で言い訳してるんだ。城之内は身体ごと、姫宮の方に向き直る。

「だいたいなっ、やましいところがないなら、クリニックで堂々と会えばいいじゃないかっ！　あんなに人がいるところで、兄貴に抱きついたりしてないでっ！」

「抱きついたりしてません」

「してたじゃないか！　城之内先輩には憧れてましたとか言ってたし……っ」

痴話ゲンカだ。誰が何と言おうと、これは立派な痴話ゲンカだ。しかし、二人は共に気づいていない。手にしていたカップを置き、まともに向かい合う。

「そんなの、学生時代の話です。あなただって、エスカレーターの私学出身なんですから、そういう感覚おわかりでしょう。年上のかっこいい人を何年も見ていれば、憧れの気持ちくらい抱くようになります」

確かに、東興学院にもスターと呼ばれるような生徒はいた。実は城之内自身がそのタイプで、毎年バレンタインデーには、箱単位でチョコレートをかき集めたし、学園祭や体育祭では、大量の差し入れや黄色い声援をもらったものだ。

「城之内先輩に憧れていた後輩なんて、僕だけじゃありません。先輩は、キング神城先輩、クイーン篠川先輩に並ぶレジェンドなんですから」

あっさりと言われるのがむかつくが、確かに、兄は後輩に慕われるタイプなのだ。実家に訪ねてきた者もいたし、今でも大量の年賀状が届く。

「先輩には、開業のマッチングをしていただいたご恩もあるので、聖生会中央病院の庄司先生に売り込みをかけたい薬剤についてのアドバイスをしていただけです」

聖生会中央病院の庄司と言えば、確か『le cocon』で、姫宮の噂をしていた医師ではなかったたか。

「あ……」

「あ、じゃありません。内々の話ですし、ちょっとインサイダー気味の話になるので、病院からも職場からも離れたところで会った方がいいと思っただけです」

気持ちがいいほど、すぱすぱと言い返される。まさに正論でぼこぼこにぶん殴られている。

「で、話を元に戻します。なぜ、あなたはあそこにいらしたのですか？　僕と城之内先輩が会っていると知った上で、わざわざいらしたのですよね？　なぜですか？」

「………」

「黙ってちゃわかりません」

自分でも、なぜあそこに行ったのかなんてわからないのだ。黙るしかない。

「院長先生……」

「……不安だったからだよ……っ」

正直に、いや反射的に答えるしかない。考えたってわからないのだから。

「あんたと兄貴ができてたらどうしようって、不安になったからだよっ！」

半ばやけくそに叫んで、城之内は初めて自分の感情の正体に気づく。

〝もしかして、俺、こいつのことが好き……なのか？〟

たぶん、今の自分は青くなったり赤くなったりしている。鏡を見なくても、頬の温度くらいは感じることができる。目の前の美人は、少し首を傾げて、冴え冴えとした目で、城之内を見つめている。

「……何だよ、その目」

何で、こいつはこんなに冷静なんだ？　城之内は衝撃の告白とやらをかましたはずである。

「いえ」

出てきた声音も至って冷静である。ちなみに青くも赤くもなっていない。通常運転だ。

「今さら、何を仰っているのかと」

さらりと出てきた言葉に、今度は城之内の方が首を傾げる。

「な、何?」

「あなたにキスされて、それを拒絶しなかった段階で、僕の気持ちはわかっていただいていると思っていたのですが」

「はぁっ?」

思わず、まともに彼の目を見てしまう。きれいな栗色の瞳もまた、城之内を見ていた。香ばしいコーヒーの香りの中で、二人はしばらくの間、ただ見つめ合う。

「……っ」

ふと姫宮の手が伸びて、城之内の頬を包むように触れてきた。滑らかであたたかな手のひらが、城之内の凍りついた頬を溶かす。

「あんた……起きてたのかよ……」

蛍の舞う夏の夜。彼の静かな寝顔に惹かれるように、その額に唇を触れた。

「僕は医者です。寝起きは恐ろしくいいんですよ」

いや、それ医者関係ない。ツッコむのも忘れて、城之内はしばし呆然とする。

こんなのありか？　こんな風に力尽くで告白させられて、それでいいのか？

ただ言葉もなく見つめていると、彼の美しい形の唇の片端がゆっくりと吊り上がった。

美しさは、時に暴力だ。彼は正論だけでなく、人外とも言える美しさで、視覚からもぶん殴ってくる。今の城之内は、ダウン寸前のボクサーだ。ぶん殴られすぎて、もうふらふらで、今にも倒れ込みそうだ。

俺はあんたに追い詰められている。ロープに追い詰められて、もうどこにも逃げ場がない。

「それで？」

彼が睫毛の触れ合う位置で、だめ押しの一言を放つ。

「あなたは僕のことを好きだと……そういう認識でよろしいですか？」

頷く代わりに、彼の唇に触れる。吐息で愛撫していた唇に触れると、その唇が微笑むのがわかった。

「やっと……ちゃんとキスしてくれましたね」

くすりと笑い、今度は彼の方からキスしてくる。とろりと甘く唇を舐められて、心臓がぴょこんと跳ね上がった。

〝こ、こういうタイプなのか……こいつ……〟

出会ってから今まで、ずっと侵しがたいような清廉な雰囲気を纏っていたのに、今の彼からは濃密なエロスのオーラが立ち上っている。いつものグリーンノートの香りが、体温が上がったせいなのか、甘い花の香りに変わっている。それも白い花ではない。極彩色の蜜（みつ）の香りだ。

甘ったるく舌を絡めるキスをしながら、城之内はテーブルの上を探って、リモコンで明かりを落とした。ラブシーンの場数はそれなりに踏んでいる方だが、さすがに煌々（こうこう）と明かりのついたところではしたくない。また彼がくすっと笑うのを感じる。薄闇（うすやみ）の中で、彼の白い手が、微かな絹鳴りと共にネクタイを解き、襟元から抜いた。長い指でシャツのボタンを上から三つ外す。襟元が開いて、さらに蜜の香りが強くなった。その香りが素肌から香っていることに気づいたら、もうだめだ。

「キスだけで……終わりにする気ある？」

一応確認してみる。彼の手がふっと伸びてくる。城之内の髪の中にその手を滑り込ませて、軽くきゅっと握りしめる。

「いて」

「無粋なことを聞く人には、お仕置きが必要かと」

ビロードのように滑らかで甘い声がささやく。この声で『お仕置き』とか言わないでほしい。M属性はないはずだが、下半身方面がやばい。

「じゃあ……とりあえず、楽しもう」

ベッドはすぐそこだ。


このサイズ感は初めてかも。

姫宮のすべすべとした背中を抱いて、城之内は思っていた。

彼の素肌は驚くほどきめが細かく、ミルクのように白かった。プロポーション的には、城之内よりも一回り華奢な感じはするが、決して貧弱ではなく、うっすらとしなやかに筋肉がついていて、バランスのいいきれいな身体だ。白い胸にほんのりとピンク色をした乳首がぷくりとふくらんでいて、軽く指先で弾くときゅんと固くなってくるのが、何だか可愛い。

「……理想的な身体ですね」

彼の手がすうっと、城之内の背中から肩を撫で下ろす。

「たくさんの人の身体を見てきましたが、あなたくらい理想的なプロポーションの身体はなかった」

思わずぎょっとすると、彼がくすくすと笑い出す。

「別に、たくさんの相手と寝てきたわけじゃありませんよ。一応医者ですから、患者の身体はたくさん見てきています」

クリアな発声で『寝てきた』とか言わないでほしい。

〝このルックスだもんなぁ……〟

恋の相手には困らなかっただろう。それは城之内も同じだ。なぜかステディな相手はできなかったが、遊び相手はそれなりにいた。行きずりなどという鬼畜な真似をしたこともある。身体だけの関係をストレス解消の手段として利用していた時期もある。城之内にとってのセックスは、手軽に体力を消耗して、ついでに性欲求も満たし、すっきりして眠るためのものだった。

「……あなたの肌、すごくいい香りがするって知ってましたか？」

城之内の肩に頬をすり寄せるようにして、姫宮がささやいた。

「何だろう……時々、くらっとするくらいいい香りがするんです」

「くらっとして……そのまま抱きついてくりゃよかったのに」

いい香りがするのは彼の方だ。胸に顔を埋め、つんと突き出した乳首を軽く舌先でしゃぶると、彼の肩がびくりと震えた。小さくて可愛いのに、少ししつこく舌で愛撫し、もう片方をきゅっと摘まむと、彼の腰が跳ね上がった。微かに甘ったるい声が洩れる。

「……感じるのか？」

固く締まった小さなお尻をすべすべと撫でさする。

性的なモラルがぶっ壊れているのか、今までの城之内のセックスの相手は、男女問わず、既婚未婚も問わなかった。手を出さなかったのは、未成年だけだ。その百戦錬磨の経験の中でも、姫宮の身体の美しさと敏感な反応は最高レベルだ。

微かに開いた桜色の唇から、薄赤い舌先が覗く。

「人の身体で……遊ばないでください」

うっすらと赤く潤んだ瞳で見つめられると、まさに下半身直撃だ。柔らかい唇を深いキスと熱い舌で塞いで、こぼれる吐息まで飲み込むと、滑らかな内股を膝の方から、ゆっくりと撫で上げた。

「ん……っ」

わずかな抵抗を見せる彼の手を、少し乱暴にはねのけて、白い太股を左右に押し広げる。

「あ……っ」

「やっぱり、暗くしない方がよかったかな……」

彼の吐息混じりの甘い声。早まっていく鼓動。そして、滑らかな素肌に伝わり落ちる熱い蜜。

「……感じてるおまえを明るいところで見てみたい」

手の中の彼は、すでにとろとろと蜜を滴らせ、固く力を溜めている。指先に力を込めて、軽く揺さぶると、白い喉が仰け反った。

「あ、ああ……っ」

いつも知的な彼の甘く乱れた声はたまらない。

「……だから……遊ばない……で……」

「気持ちよくしてやってるだけだよ。……いいところを探してる」

指先を濡らしながら、彼の柔らかい草叢を分けて、その中でとろとろとしずくを零すものをきつめに愛撫する。

「もっと……見せろよ。全部……見たい」

ベッドの中では、攻守が逆転したようだ。今まで、さんざん翻弄されてきた城之内の方が、彼のしなやかな身体を好き放題にして、涙混じりに喘がせている。

「あ……あ……っ！　そこ……だ……め……っ」

耳たぶに軽く歯を立てながら、彼の両足を大きく開かせて、ぎゅっと小さなお尻を揉みしだく。

「ああ……ん……っ！」

草叢から勃ち上がっている濡れそぼったものに、完全に目覚めた自分のものを押しつけて、ゆっくりと擦り付けると、彼が背中に爪を立ててきた。いつもの声よりずっとキーの高い甘ったるい声が響く。

「だめなのは……俺の方だな……」

いつもなら、相手が泣くくらいまで焦らすこともできるのに、今日は無理だ。もう腰が痺れるくらい興奮が高まっている。微かな声を洩らしながら、城之内の背中に腕を回し、シーツからお尻を浮かせている彼の姿がたまらない。しっとりと汗を浮かせた素肌が、手のひらに熱い。少し無茶かとも思ったが、もう我慢できそうにない。シーツまで濡れそぼつほど溢れている蜜を、彼のきゅっと絞られた蕾にたっぷりと施すと、滑らかな手触りのお尻をぐいと抱え上げた。

「ああ……っ！」

高い悲鳴と共に、彼に飲み込まれる。自分もどろどろになるほどしずくを零していたので、一気に奥深くまで突き進んで、彼と一つになった。

「あ……っ！　あ……っ！　あ……っ！」

余裕なく、強く揺さぶると、彼が高く声を放つ。身体の底から声を絞り出されているようで、城之内が打ち込むリズムとまったく同じタイミングで、泣き声に近いような高い声を上げる。

「すげ……」

意識が今にも吹っ飛びそうだ。きゅうっときつく絞り上げられて、たまらない。初めてセックスした時のように、夢中になって彼の身体を貪る。あざがつきそうなほど強く、す

べすべのお尻を揉みしだきながら、強く彼の奥を突き上げる。

「すげ……気持ち……いい……」

「ああ……ん……っ！　強……い……すご……い……っ」

めちゃくちゃにされながら、彼が悦(よろこ)びの声を上げている。

「ああ……っ、ああ……っ！」

「……すげぇ……きつ……」

もう我慢できそうにない。いつもなら、相手が我慢しきれずに腰を振るまで、いじめてやれるのに、今日は無理だ。みっともなく暴発してしまいそうなほど、興奮が高まっている。

「ごめん……もう……出そう……」

彼も、もう限界が近いようだ。ひくひくと震えながら、シーツをきつく摑(つか)み、城之内に揺さぶられている。

「あ……ああ……ん……っ！」

色っぽい喘ぎ声がたまらない。ピンク色の舌が乾いた唇をぺろりと舐めるのを見たら、もうだめだった。

「……っ！」

彼の中に、溢れるほど吐き出して、城之内は半ば気を失うようにして、彼の上に崩れ落ちたのだった。

シャワーを浴びた後、まずしなければならなかったのは、シーツの交換だった。ぐずぐずになりそうな身体をどうにか動かして、シーツを替えると、二人はベッドに倒れ込んだ。

「……やりすぎた」

ぼそりと言う城之内に、姫宮が呆れたような視線をよこす。

「僕も、最初から三ラウンドこなす羽目になるとは思っていませんでした」

たっぷりと楽しんでしまった。最初の一回でぐったりしたと思っていたのだが、抜かないうちにきゅうっと締めつけられて、そのまま二回目に突入してしまったら、後はもう歯止めが利かなくなって、結局抜かずに三回もしてしまった。

身体の相性は最高だった。今までで最高のセックスを楽しんでしまった。まさに天国の扉を開いてしまったという感じだ。

「なぁ……」

同じシャワージェルの香りに包まれたまま、城之内は言った。

「おまえさ……俺のこと、好きだったわけ？」

城之内は、姫宮に惹かれているという自覚がある。初めて会った時から、その特別製の美貌には惹かれていたが、一緒に働くうちに、そのピュアな内面や少しひねりの利いた性格に引きつけられた。

「そうですね……」

ヘッドボードに寄りかかっている城之内の膝に頭を乗せて、姫宮はふうっとため息をついた。

セックスで体力をより消耗するのはどちらなのだろう。異性間なら、より体力のない女性なのだろうが、同性で年も同じ、身長差もそれほどない二人の場合、どちらなのだろうと、城之内はぼんやり考える。少し疲れた風の姫宮はとても色っぽくてたまらないが、さすがに三回も出してしまうと、こちらもお疲れだ。

「一目惚れだったのかもしれません」

「一目惚れ？」

姫宮は頷いた。

「たぶん、あなたを認識するのは、僕の方が早かったと思います」

「へ？」

「あなたが、聖生会中央病院にいらっしゃるようになったのは、いつでしたか？」

「えーと……」

少し考えてから、城之内は言った。

「三年前かな……」

「じゃあ、その時です」

「え」

ちょっと待て。

「三年前……？」

「ええ。あなたが初めて聖生会中央病院にいらしたその日、病棟ですれ違いました」

「マジか……」

覚えていない。まったく。

「向こうから、何だかきらきらまぶしい物体が近づいてきたと思ったら、あなたでした。明るくて、まぶしくて……その瞬間から、目が離せなくなっていました」

「物体……」

愛の告白なのだろうが、言葉のチョイスが微妙だ。

「あなたのお名前を知って、もしかしたら城之内先輩の親戚（しんせき）か何かなのかと思ってはいましたが、まさか、弟だったとは」

「おい」

膝の上の姫宮の髪を優しく撫でていた城之内が、その手をぴたりと止める。

「まさか、俺が兄貴と似ていたから、目が離せなくなったんじゃないだろうな……」

「……ベッドインして、三回もしてから何を言っているんですか……」

姫宮がため息をついた。城之内の手を自分の頭から離して、その手のひらに軽くキスをする。

「あなたと城之内先輩は似ていませんよ。あなたにお目にかかる前に、すでにMRの城之内先輩とは再会していましたが、お名前を知るまで、あなたとはまったく結びつきませんでした。持っている雰囲気が全然違うんですよ。容姿もあまり似ていないと思います」

「でも、そうは言っても、兄弟なんだし……。……うわぁっ！」

ぶつぶつ言っていた城之内が悲鳴を上げた。寝ていた姫宮が跳ね起き、城之内の膝の上に乗ってきたのだ。城之内の上に跨り、ヘッドボードに両手をついて、いきなり睫毛が触れる位置に顔を近づけてくる。

「まだ、馬鹿なことを考えるくらい理性と体力が残っているようですね」

「い、いや、そんなこと……わぁっ！」

「くだらないことなんて考えられないようにしてあげます」

せっかくシャワーを浴びたのに。シーツも替えたのに。お互い、身体の熱を冷ますために裸だったのが災いしている。ようやく眠りかけた大事なものを、彼の柔らかい草叢で思い切り擦り上げられて、また身体の奥が疼いてきた。ぴたりと合った胸で、彼のピンク色の乳首がつんと硬く尖ってくるのを感じる。薄く開いてキスを誘う唇に、ゆっくりと舌をねじ込んだ。唇を合わせずに、舌だけを絡ませる。生々しい感触に、肌が熱くなってくる。

「ったく……っ」

膝立ちになって、潤んだ瞳で見下ろしてくる姫宮の腰に腕を回す。そして、身体の前でくるりと回転させると、うつ伏せに倒した。あの瞳を見ているとたまらない。いつもクールに澄んでいる瞳が、熱っぽく薄ピンクに潤んでいるのを見ると、それだけで際限なく彼を求めてしまいそうだ。

「明日も仕事なんだぞ……っ」

あと一回でおさめるためには、彼の瞳は封印した方がいい。しかし。

〝これはこれで……〟

うつ伏せにし、楔を打ち込むために、足を大きく開かせ、ぐいと腰を抱き上げると、何だかとんでもないことになってしまった。滑らかな背中、きゅっと引き締まった細い腰、そして、高く上げた小さなお尻。

〝ああ、もう……っ〟

二つの丸みを押し開き、ひくつく蕾に楔を打ち込む。

「あ……んっ！」

甘ったるい悦びの声。きゅうっと絞り上げてくる最高の身体。

「……この一回で……終わらせてくれよ……」

ぐうっと奥を突くと、両手できつくシーツを握りしめる指が見えた。

「ああ……ん……っ！」

語尾が甘く蕩ける喘ぎ声。視覚と聴覚と触覚と、すべてで誘いをかける美しき城の姫君。そして。

「ああ……いい……」

今や、城の主となったはずの自分は。

「もっと……っ」

姫君の蠱惑の声に操られて、ただ、しなやかな身体に溺れる。

「もっと……突い……て……」

激しい動きをねだる身体を引き寄せて、ベッドを軋ませる。

もう……俺はおまえのものだ。

もう……俺は……おまえから逃げられない。

エピローグ

クリニック三階のプライベートルーム。元は二室に分かれていたものを、去年の秋に間の壁を取っ払って一つにした。別々にしておく必然性を感じなくなったからだ。ドアは二つついているが、中は完全に一つになっていて、室内にいる限り、いつもお互いの姿を見ていられる。

城之内(じょうのうち)が表計算ソフトを立ち上げて、うんうん唸(うな)っている背中を、そっと部屋に入ってきた姫宮(ひめみや)は、しばらくの間、黙って眺めていた。

二人で開業した『城之内・姫宮クリニック』は、明日一周年を迎える。毎日、小さな事件は起きるが、スタッフにもさまざまな病院との連携にも恵まれて、医院時代よりも患者は増えている。明日から、理学療法士が二人増えることになっている。近々、ケアマネージャーも雇い入れる予定だ。ナースも増やしたいし、事務方からもパートを雇ってくれと言われているらしい。

〝ますます、あなたは大変になりそうですけどね〟

姫宮はぱたんと音を立てて、ドアを閉じた。城之内が振り返る。

「どうした？」

「……いいえ」

デスクに座って、苦手な事務仕事をしている城之内に近づいて、その肩に軽く手をかけた。

「手伝いましょうか？」

「え、ほんと？」

「あなた、こういうの苦手でしょう？」

笑いながら言うと、姫宮は、大喜びで席を譲った城之内の代わりにパソコンの前に座った。毎月の給与計算である。クリニックの給与は、月末締めの十日支給だ。まさにその締め日なのである。手際よく、数字を打ち込み、給与明細を仕上げていく姫宮に、城之内は感心しきりである。

「なんで、おまえがやると、ぱっぱと終わるんだろうなぁ」

「間違ったことをしないからです」

開業一周年をもって、城之内は姫宮を共同経営者にした。今までは『アソシエイト』という間柄で、姫宮も城之内から給与をもらう形になっていたのだが、二人の診療報酬がほぼ拮抗（きっこう）しており、また税制上も共同経営にした方がいいと税理士に勧められ、二人は公私共に『パートナー』となったのだ。

「……電話しといてください」

パタパタとキーボードを打ちながら、姫宮は言う。

「何？」

きょとんと見つめる共同経営者兼恋人の間抜け面に、姫宮はわざとらしくため息をついて見せた。

「『プリマヴェーラ』です。週末だから、予約しておかないと入れませんよ。あなたの代わりに働いてあげてるんですから、ごはんくらいおごって下さい」

「あ、そっか」

いそいそとスマホを取り出した城之内に、姫宮は言う。

「ワインも頼んでおいてください」

「赤でいいか？」

「白がいいです」

「赤」

「白です」

不毛な言い合いをして、そして、姫宮は笑いだす。

「では、間をとってロゼにしましょう」

「二本か？」

「ええ」

あっという間に、打ち込みは終わった。あとは明細を打ち出して、スタッフに渡すために、のり付けすれば終わりだ。

「なぁ……」

店に予約の電話を終えて、城之内が振り返った。

「蓮(れん)」

「はい？」

プリンターに、給与明細用の用紙をセットしていた姫宮が顔を上げる。

「どうしました？」

「あの……俺の実家だけどさ」

「はい」

城之内の実家は、ここから車で十分ほどのところにある。なかなか素敵な洋館風の建物である。

「今度、引っ越そうかと思って」

今、城之内は離れたところにあるマンションに住んでいる。ここを引き継いだ時に、実家に移ってもよかったのだが、忙しさもあって、何となくそのままになっていたのだ。

「ああ、その方がいいでしょうね。家は住まないと傷みますし、あなたもその方が楽でしょう？　夜はちゃんと寝た方がいいですよ」

彼はよくここに泊まっている。マンションが遠いので、帰るのが面倒臭いらしい。

「それでさ」

城之内が近づいてきた。ずいぶんと真面目な顔をしていると思った。彼は表情が豊かで、くるくると変わるのだが、今は真面目モードのようだ。

「おまえ、引っ越してこない？」

「はい？」

ああ、それを言いたかったのか。いや、きっと夕食を摂りながら言うつもりだったのだろうが、どこか少年ぽさを残している彼だ。待ちきれなかったのだろう。

「兄貴がでかいマンション買ってさ。もうじき引っ越すんだよ。で、お前もさっさと何とかしろって言われてさ。もともと実家の名義は俺になってたんだけど、もしかしたら、兄貴も住みたいかなって思って、何となく引っ越さずにいたんだよ」

城之内には、こういう遠慮深いところがある。コミュニケーション能力が高すぎるがために、人の心を読みすぎて、動けなくなってしまうことがあるのだ。そんな城之内の性格を読み切って、健史は自分がマンションを買うことによって、彼の引っ越しを後押ししたのだろう。

「兄貴ももう住まないことがわかったし、そうなると俺一人じゃ、あの家はオーバースペックなんだよ」

そういえば、ここを継いだ時も、そんなことを言っていた。

「だから、一緒に住まないか？　一緒に住めば、出勤も退勤も便利だし……」

「そうですねぇ……」

彼は焦(じ)らすと、かなり可愛(かわい)いことには気づいている。ベッドでも、ぎりぎりまで焦らすと、ものすごく可愛くねだってきたり、少年のようにがっついてきたりする。

「れーん」

彼が後ろから抱きついてきた。ふんわりと高めの体温がやっぱり気持ちいい。

「一緒に住もう。きっと……すごく楽しいから」

彼との時間は、確かに楽しい。その時間が一緒に暮らせば、もっと増える。

きっと……もっと彼のことを好きになる。

「……いいですよ」

「ねぇ、だから一緒……え？」

おねだりモードに入っていた城之内が、はっと我に返る。

「ほんと？　ほんとに？」

「だから、いいって言ってます」

思わず笑ってしまう。そっと彼の腕の中で向きを変えて、その胸に軽く手を当てる。

「もっと……一緒に過ごしましょう」

「蓮……」

職場でキスをするのは好きじゃない。公私混同も甚だしい。でも。

「………」

少しだけ開けた窓から吹き込む春の悩ましい風。微かな花の香りに誘われて、そっと彼と唇を重ねる。

「蓮……っ」

この部屋には、ベッドになる便利なソファがある。今はソファだけど。でも。彼がぐっと姫宮の身体を引き寄せたその時だった。

「おまえなぁ、せっかく俺が自腹切って送った胡蝶蘭を……っ」

いきなりドアが開き、城之内の兄である健史が入ってきた。密着しすぎていた二人は飛び離れることもできず、抱き合ったまま、健史を迎えることになってしまう。

「……お邪魔」

無表情で、健史が言った。手を伸ばして、弟の頭をひっぱたく。

「いてぇっ！」

「仕事とプライベートは切り分けろ。馬鹿者が」

そして、手にしていた新薬のパンフレットをどさりとテーブルに置くと、さっと背を向けた。

「プロポーズは、もうちょっと気の利いた場所でしろ」

「ぷ、プロポーズって……っ」

目を白黒させている城之内と、彼の腕の中にいる姫宮にさっと手を振って、健史はドアを開ける。

「お幸せに」

ドアが閉まった瞬間、姫宮はすっと手を上げた。パンッといい音を立てて、恋人の横っ面を張り飛ばす。

「いってぇっ！」

「プロポーズはもうちょっと気の利いた場所でしろ」

さっき聞いたばかりのセリフを繰り返して、姫宮は妖艶(ようえん)に微笑(ほほえ)む。

「ロゼのワインを飲みながら……ゆっくり聞いてあげます」

あとがき

こんにちは、春原いずみです。

春にふさわしい新作『無敵の城主は恋に落ちる』でございます。今回のフィールドは、現在私が昼稼業で身を置いている開業医の世界です。中のエピソードはほとんど私が経験したものばかりですので、いつも以上にリアル感もりもりです。うちも男性医師二人でやってますが、残念ながら（何が？）この二人は親子です（笑）。

そんな「無敵」のイラストは鴨川ツナ先生です！　素敵な絵柄に一目惚れして、ぜひ！とお願いいたしました。面倒な医者もの、お引き受けいただき、ありがとうございます！

駆け足で、最後に怒濤のお知らせラッシュです。「無敵」は続きが出ます！　近々お届けいたします！　待ってて！　そして、「無敵」は「恋救」とリンクしている世界観です。というわけで、久しぶりに「恋救」を電書オリジナルで書かせていただきました！「白衣」の二人も顔出ししています。春原メディカルワールド、まだまだ続きそうです！

SEE YOU NEXT TIME！


お取り寄せのチョコに囲まれつつ　春原　いずみ

『無敵の城主は恋に落ちる』、いかがでしたか？
春原（すのはら）いずみ先生、イラストの鴨川（かもがわ）ツナ先生への、みなさまのお便りをお待ちしております。

春原いずみ先生のファンレターのあて先
〒112-8001 東京都文京区音羽2-12-21 講談社 文芸第三出版部「春原いずみ先生」係
鴨川ツナ先生のファンレターのあて先
〒112-8001 東京都文京区音羽2-12-21 講談社 文芸第三出版部「鴨川ツナ先生」係

N.D.C.913　223p　15cm

春原いずみ（すのはら・いずみ）
新潟県出身・在住。６月７日生まれ双子座。
世にも珍しいザッパなＡ型。
作家は夜稼業。昼稼業は某開業医での医療職。
趣味は舞台鑑賞と手芸。
Twitter：isunohara
ウェブサイト：http://sunohara.aikotoba.jp/

講談社X文庫

無敵の城主は恋に落ちる

春原いずみ

●

2021年４月２日　第１刷発行

定価はカバーに表示してあります。

発行者――鈴木章一
発行所――株式会社　講談社
東京都文京区音羽2-12-21　〒112-8001
電話　編集　03-5395-3507
販売　03-5395-5817
業務　03-5395-3615
本文印刷－豊国印刷株式会社
製本――株式会社国宝社
カバー印刷－半七写真印刷工業株式会社
本文データ制作－講談社デジタル製作
デザイン－山口　馨

ISBN978-4-06-522513-4